FOTOCOPIA

DANIELE BASSO

La Fotocopia

Codice ISBN: 979-12-210-9391-9

In copertina:
Parte dell'Abside altare maggiore chiesa di Preganziol (TV)
Madonna con Bambino, Sant'Urbano e Santi
olio su tela Ambito veneto ultimo quarto sec. XVIII

DEDICA

A mio suocero Pietro, fonte di grande ispirazione, instancabile divulgatore di ancddoti e storie del paese dov'era nato e vissuto. A Claudia e Giovanni, amici, titolari, segretarie e clienti che, inconsapevolmente, mi hanno ispirato i personaggi del romanzo.

CONTENUTI

Ringraziamenti

1 PROLOGO N. pag. 2

2 Venezia, 3 Settembre 1451 N. pag. 7

3 Preganziol, 1° Settembre 1987 N. pag. 16

4 Prati Gaziol, 5 Settembre 1451 N. pag. 24

5 Preganziol, 2 Settembre 1987 N. pag. 31

6 Mestre, Giovedì 3 Settembre 1987 N. pag. 40

7 Prati Gaziol, 9 Settembre 1451 N. pag. 46

8 Treviso, Venerdì 4 Settembre 1987 N. pag. 52

9 Preganziol, Venerdì 4 Settembre 1987 N. pag. 59

10 Venezia, 13 Settembre 1455 N. pag. 64

11 Preganziol, Sabato 5 Settembre 1987 N. pag. 69

12 Mestre, Lunedì 7 Settembre 1987 N. pag. 79

13 Treviso, Martedì 8 Settembre 1987 N. pag. 91

14 San Zuan dal Tempio, 13 Settembre 1487 N. pag. 98

15 Treviso, Martedì 8 Settembre 1987 N. pag.103

16 Treviso, Mercoledì 9 Settembre 1987 N. pag.114

17 Treviso, Giovedì 10 Settembre 1987 N. pag.123

18 Preganziol, Venerdì 11 Settembre 1987 N. pag.142

19 Venezia, Venerdì 11 Settembre 1987 N. pag.148

20 Preganziol, Domenica 13 Settembre 1987 N. pag.163

21 Preganziol, Domenica 13 Settembre 1987 N. pag.175

22 EPILOGO N. pag.190

NOTE DELL'AUTORE N. pag.198

INFORMAZIONI SULL'AUTORE N. pag.201

“Un germoglio spunterà dal tronco di Iesse,
un virgulto germoglierà dalle sue radici.
Su di lui si poserà lo spirito del Signore,
spirito di sapienza e di intelligenza,
spirito di consiglio e di fortezza,
spirito di conoscenza e di timore del Signore”.
ISAIA 11, 1-3

RINGRAZIAMENTI

Ringrazio in primis Carla, mia cognata, che con pazienza ha corretto errori ortografici e di sintassi. Per la costanza di leggere, rileggere e correggere, per i consigli e la passione che ha dedicato.

Al caro amico don Roberto, per i preziosi suggerimenti per rendere il romanzo fluido, con la giusta scorrevolezza e le corrette indicazioni su citazioni latine, frati, monaci, abbazie e monasteri.

A Dino, Irma, Paolo e Laura per avermi incoraggiato affinché questo libro non rimanesse un sogno in un cassetto.

1
PROLOGO

Grotte di Qumram 55 D. C.

Erano giorni, ormai, che trascorreva gran parte del suo tempo in attesa che qualcuno passasse per quella stretta gola.
Il vento secco e la polvere che si alzava dalla sabbia rendevano la vita in quei posti pressoché sempre uguale. Socchiuse gli occhi scrutando l'orizzonte per l'ennesima volta, cercando di capire se quello che scorgeva in lontananza fosse solo un miraggio oppure ciò che da giorni stava aspettando.
Quell' apertura, la più alta della costruzione, gli permetteva di avere un'ottima visuale sulla strada che arrivava da Jerico e nelle poche giornate limpide si riusciva a vedere distintamente il mare.
Si chiedeva, ora, se quello che stava vedendo, fosse realmente una carovana in arrivo oppure l'ingannevole riflesso del

calore. Il riverbero del sole, in mezzo a quella porzione di terra tutta uguale, rendeva difficile distinguerla con certezza.
Inoltre il vento di quei giorni era sostenuto e alzava un sottile velo di sabbia che offuscava la visuale.
Ma ora la sua vista, ormai abituata a scrutare l'orizzonte, non lasciava dubbi: quella che vedeva in lontananza era realmente una comitiva composta da una decina di uomini con i loro animali al seguito.
Si legò i sandali, raccolse la sua sacca e si incamminò velocemente verso le ripide scale scavate nella roccia per andare incontro a quel gruppo di persone che si stava avvicinando.
Percorse rapidamente la corte di fronte all'abitazione per avvisare con gioia Jethro, suo padre, dell'arrivo di chi aspettavano da tempo.
Lo trovò seduto su uno scanno di legno, sotto una tenda che lo riparava dal sole, vestito in abiti leggeri e intento a rileggere, con la calma e la concentrazione dei suoi sessant'anni, un rotolo ormai consunto che teneva tra le mani.
Udita la notizia, alzò lentamente la testa e prontamente rispose al figlio: «*Sia Benedetto il Signore, che ha ascoltato le mie preghiere! Vai, porta con te un otre d'acqua! Saranno di certo tutti assetati dal lungo viaggio.*»
Il ragazzo si incamminò subito lungo la strada e una volta giunto vicino al convoglio, riconobbe immediatamente il fratello di suo padre: si precipitò verso di lui senza esitare e lo abbracciò con vigore: «*Che gioia rivedervi! Lode al Signore e pace su di Voi!*»
Con un leggero inchino, porse l'otre d'acqua fresca alle persone, perché si dissetassero.

Si rivolse quindi allo zio: «*Venite vi prego. Mio padre è impaziente di rivedervi e di farvi vedere qualcosa!*»
«*Perché così tanta impazienza?*» chiese con pacatezza e tranquillità lo zio.
«*Sono successe delle cose strane a mio padre ed è un po' di tempo che si comporta in modo inconsueto...Non ne vuole parlare con nessuno, nemmeno con me. Aspettava Voi, zio. Ha detto che soltanto Voi avreste potuto capire.*»
Arrivarono davanti alle grotte, dove Jethro li aspettava. Non riuscì a trattenersi e si affrettò incontro a suo fratello: «*Tommaso! Fratello mio! Che il Signore sia lodato! Tu non puoi immaginare quanto ho pregato perché giungesse questo momento!*»
Poi si rivolse al resto degli uomini della carovana: «*Pace a tutti voi! Entrate nella nostra umile dimora e riposatevi.*»
Dopo che i nuovi arrivati si furono lavati i piedi ed ebbero mangiato qualcosa, i due fratelli si ritirarono sotto la tenda posta in un luogo in disparte rispetto alla loro abitazione.
«*Come saprai, fratello mio, il mio viaggio è appena iniziato e sarà molto lungo*» disse Tommaso, «*non capisco questo tuo comportamento... Sei sempre stato quieto come me...*»
Non aveva ancora terminato la frase, che si sentì stringere il braccio. Seduto di fronte a lui, il fratello gli rispose: «*Siamo fratelli gemelli, lo sai. Sentiamo entrambi le cose che accadono a ciascuno di noi, anche se ci troviamo a miglia di distanza: non hai percepito nulla di tutto quello che mi è capitato in questi ultimi tempi?*»
«*Fratello...*», rispose Tommaso, «*che ti succede? Se siamo in pace con Cristo, il nostro unico Maestro, non abbiamo a temere alcun male...*»

«È proprio di questo che ti devo parlare» gli rispose il gemello, stringendogli il braccio con più forza.
«Ho avuto una visione: Un angelo, mi ha ordinato di eseguire una missione. Dovevo recarmi in un luogo dove avrei trovato un oggetto particolare. Il mio compito era prenderlo e portarlo con me per ricavarne un simbolo cristiano».
«Fratello», disse Tommaso, *«sei uno tra i più bravi e stimati orafi in questo posto, non credo che tu abbia avuto difficoltà a soddisfare la richiesta dell'angelo».*
«È questo il problema! Non ho dovuto incastonare pietre pregiate e neppure lavorare a sbalzo qualche tipo di metallo prezioso, o forgiare qualcosa in oro o argento. Vieni, te lo faccio vedere e capirai il motivo per cui non ho potuto farlo vedere a nessun altro se non a te!»
Tommaso, ormai incuriosito, lo seguì lungo una serie di cunicoli scavati nella roccia e illuminati soltanto dalla torcia che teneva in mano suo fratello.
Giunsero in una stanza non più larga di dieci piedi e alta quattro, cosicché dovettero piegarsi sulla schiena. Su un lato era collocata una panca, su quello opposto una cassa in legno di ulivo.
Jethro, appoggiata la torcia su una sporgenza della parete di roccia, aprì la cassa ed estrasse il contenuto, avvolto in un telo di lino e lo appoggiò con cura sopra la panca.
Tolto il pregiato tessuto che avvolgeva accuratamente l'oggetto, Jethro fissò lo sguardo in quello del fratello, inginocchiato accanto a lui e disse: *«Ora di certo comprendi il motivo per cui non ho potuto farlo vedere a nessun altro».*

«Mio Signore e Mio Dio!» Tommaso abbassò immediatamente lo sguardo: *«Veramente, fratello, questa è opera tua?»*
«Non ne sono sicuro nemmeno io» gli rispose questi. *«Io ho messo le mie mani ma credo di essere stato guidato da Qualcun altro, non ho ricordi di aver mai creato cose simili...»*
Tommaso alzò lentamente lo sguardo e chiese di poterlo toccare. Con il consenso del fratello, vi appoggiò la mano. La ritrasse subito, colto da un sentimento di paura e stupore.
«È caldo! Emana calore!» disse, rivolto al fratello.
Sul viso di Jethro, che pur sorrideva, scendeva una lacrima.
«Aiutami fratello, adesso non so più cosa devo fare!»
Con la sua solita calma Tommaso rispose: *«Beati quelli che pur non avendo visto crederanno...»*

2

Venezia, 3 settembre 1451

Procedeva a passo spedito, con la speranza che quella camminata veloce potesse allontanare tutti i pensieri che ancora lo tormentavano.
Si fermò per un istante, il tempo di guardarsi alle spalle per rassicurarsi che nessuno lo stesse seguendo. Viaggiava leggero, aveva soltanto una sacca con alcuni vestiti, alcune boccette di profumo, dei sacchetti di spezie preziose, nient'altro.
Si alzò il bavero: l'aria iniziava a dargli fastidio e le nuvole che riusciva a intravedere alla fine di quella stretta calle non promettevano nulla di buono.
Ormai gli mancavano pochi passi per arrivare all'imbarco dove, secondo precise istruzioni, aveva appuntamento con due vogatori che dovevano portarlo in terraferma. Era stanco, ma soddisfatto.
Arrivato dalla Terrasanta, dopo tre mesi di navigazione su di una galea, aveva terminato il suo ultimo e gravoso compito.

Ora, poteva tornare nella sua terra natale e godersi in pace la sua vecchiaia, dopo tanto peregrinare.
Portava sulle spalle tutto il peso degli anni trascorsi a bordo di navi: mesi di navigazione e battaglie estenuanti.
Le ferite di guerra gli facevano più male nel cuore che nel corpo, dove avevano lasciato ricordi indelebili con le loro cicatrici.
Oltre a quel peso, si era portato appresso anche un incarico che finalmente, ora, poteva dire di aver concluso.
Dopo tutte quelle fatiche, improvvisamente si sentiva vecchio e stanco, come un soldato destituito dal suo incarico, un conquistatore senza più terre da espugnare, un servo a cui fosse venuto a mancare il padrone.
Annusò l'aria della laguna dall'odore salmastro e contemplò quella città cosmopolita, dove c'era posto per tutti quelli che cercavano asilo, porto sicuro per ripararsi dalle insidie del mondo: a tratti caotica e maleodorante, ma pur sempre accogliente e calorosa.
Un fischio lungo e acuto lo distolse da quei pensieri.
Alzò la testa e orientandosi verso il punto da cui proveniva il richiamo, vide un gruppo di uomini vicino a un sandolo.
Poco discosto dal gruppo, un vogatore cercava di attirare l'attenzione agitando una mano, mentre con l'altra tratteneva la gomena dell'imbarcazione.
Si tolse dalla spalla la sacca, che raccoglieva tutti i suoi pochi effetti personali. Si avviò velocemente verso il gruppo in attesa e con un balzo prese posto sulla barca.

«Pian sior che el me desfa a carèta!»[1] Lo riprese bonariamente il vogatore.
«Chiedo scusa, perdonate, ho una dannata fretta! Questa barca mi sembra ancora in buono stato. Se riuscite a portarmi in terraferma in breve tempo, questi bezzi[2] *saranno per voi! Vorrei poter dormire a Trevisi questa notte…»*
Non fece in tempo a finire la frase, che i due vogatori avevano già preso a remare di buona lena verso la terraferma.
«Sior, el podarà dormir anca pi' distante se el trova un bon cavaeo»[3] disse l'altro vogatore.
«A *proposito»,* chiese quindi il passeggero, *«sapreste consigliarmi un postiglione dove poter trovare un buon ronzino*?»
Vogando a pieno ritmo, l'altro vogatore, rimasto fino allora in silenzio, gli rispose: *«Certo sior, o portémo diréti da un tosàto che conosemo e dove el trovarà na bea bestia».*[4]
Con un cenno d'intesa all'altro vogatore, si decise all'istante quale fosse la meta.
Pensava di non avere abbastanza coraggio, invece riuscì a voltarsi indietro per vedere un'ultima volta quell'isola stupenda, piena di mistero e storia: da lì era partito quando era un giovane e grazie a Dio era tornato vecchio ma vivo.
L'idea della cospicua mancia mise le ali alle braccia dei due vogatori, che spinsero sui remi con tutta la loro energia. La

---

[1] Piano signore, che mi distrugge la barca!
[2] Moneta veneziana
[3] Signore, potrebbe dormire anche più distante se trova un buon cavallo.
[4]Certo signore, la portiamo direttamente da un ragazzo che conosciamo e che troverà un buon cavallo.

laguna era leggermente mossa da un vento di tramontana che spostava le nuvole verso il mare: questo scongiurava per il momento il rischio di pioggia.
Attraccarono dopo una mezz'ora ad una banchina; ancora ansimante per la fatica della rapida navigazione, uno dei due vogatori dichiarò: «*Ecco sior! Vede quea baraca là in fondo? Là el domanda de Pindol. El ghe diga che lo manda Marco, dea Siora Veneranda e che, se xe disponibile el voria cior Siton!*»[5]
Ponendo nelle mani dei vogatori la moneta promessa, il passeggero rispose con gratitudine: «*Il nome promette bene. Che Dio vi benedica!*»
Stupiti da quest'ultima frase pensarono, per un momento, di aver trasportato sulla loro umile imbarcazione un ecclesiastico importante e degno di maggior riverenza rispetto alla loro grezza parlata.
Li guardò per l'ultima volta, rossi in viso e interdetti, forse per l'inconsueto senso di imbarazzo e vergogna per tutte le imprecazioni proferite a causa del vento contrario, che rallentava il loro remare.

Il cavallo non era male: un frisone nero, con una criniera lunga e morbida e una macchia su un fianco e, sellato a dovere, partì con un'andatura sostenuta verso Trevisi.
Giunto ad un incrocio di strade, dopo aver aggirato la cinta muraria di un castello, decise di chiedere indicazioni ad un paio di contadini che rientravano per il pranzo.

---

[5] Ecco signore! Vede quella baracca là in fondo? In quel posto dice che lo manda Marco della signora Veneranda e che vorrebbe il cavallo chiamato Siton!

Gli indicarono una strada battuta, molto dritta e ben curata, fiancheggiata da alberi ad alto fusto: i rami più alti si incrociavano e si congiungevano tra loro, coprendo in più tratti la visuale del cielo.

Il percorso era invitante e gli venne voglia di spronare l'animale. Si alzò con vigore sulle ginocchia e fischiò leggermente sulle orecchie del cavallo, in risposta a quella sorta di comando universale, l'animale soffiò dalle froge e iniziò un galoppo che stupì il suo cavaliere. «*Perbacco! Avevano ragione i vogatori! Si merita davvero il nome di Siton*[6]*!*»

Dopo mezz'ora a quella andatura sostenuta, vide in lontananza un postiglione e decise di fermarsi per mangiare qualcosa: affidò il cavallo a uno stalliere e, entrato nella locanda, si sedette su una panca.

Gli si fece incontro l'oste. La stazza del personaggio era di certo imponente, più per il peso che per l'altezza: indossava una camicia macchiata di zuppa di legumi e un paio di pantaloni legati in vita da una corda.

«*Benvenuto nella nostra umile locanda, signore! È solo di passaggio per una bevuta veloce oppure vorrebbe mangiare qualcosa?*»

Nel proferire quelle poche parole, l'oste aveva mostrato i suoi pochi denti ingialliti e diffuso un alito fetido, e ciò sarebbe bastato a dissuadere chiunque dalla scelta di mangiare cibi preparati da quell'individuo.

Fortunatamente, dopo che ebbe appoggiato sul tavolo una brocca di vino e una coppa di ceramica, terminò il discorso

[6] Siton, in dialetto veneto è la libellula

dicendo: «*Mia moglie arriva subito…vediamo che cos'è rimasto a quest'ora*».

Infatti, poco dopo arrivò una signora corpulenta, ma graziosa, con abiti puliti che profumavano di arrosto e rosmarino.

Il forestiero scelse una pietanza di rosto minuto con delle verdure, che mangiò con tranquillità. A quell'ora il locale era quasi vuoto, a parte due individui, dall'aspetto poco rassicurante, seduti in un angolo quasi nascosto del locale, i quali bevevano, giocavano a dadi e confabulavano a voce bassa.

Attirarono la sua attenzione per come erano vestiti: all'apparenza sembravano essere due straccioni, ma il loro linguaggio e i loro gesti lasciavano intendere che tali non erano.

Non ci pensò più del dovuto. A volte si ritrovava ad essere sospettoso oltremisura. Tutte le vicende trascorse in passato lo avevano indotto a dubitare di chiunque incrociasse nel suo cammino.

Aveva trascorso troppe notti insonni a vegliare su quel carico da proteggere. Il timore di essere assalito per venirne derubato lo teneva in costante allerta.

Si muoveva con una tale circospezione che, paradossalmente, a volte sortiva l'effetto contrario: anziché passare inosservato, suscitava un certo interesse in chi lo guardava per un po' di tempo.

Non si era del tutto tranquillizzato, anche se il compito che gli era stato assegnato era ormai assolto, tuttavia aveva un presentimento, gli sembrava che non fosse ancora del tutto concluso.

Quindi, riuscire a concedersi un sonno tranquillo e ristoratore, per lui era ancora impossibile.
Sperava in cuor suo che, una volta terminata quella giornata, giungesse anche la fine di tutta quella tensione dell'animo e del fisico, che ormai reclamava il meritato riposo.
Svuotò la coppa del vino, dette un'ultima occhiata ai due individui: uno sembrava già addormentato, l'altro intagliava distrattamente un pezzo di legno.
Si alzò con un leggero sospiro e, pagato l'oste, andò a recuperare il cavallo.
Riprese quindi il viaggio chiedendo indicazioni per Trevisi: la strada era sempre ben battuta, priva di buche e avvallamenti, cosicché il cavallo procedeva senza rallentamenti.
La via era circondata da boschi molto fitti, la cui vegetazione era talmente folta che i raggi del sole non riuscivano a filtrare tra i rami.
Il fogliame degli alberi che costeggiavano la strada, riduceva a tal punto la visuale che in alcuni tratti, si aveva l'impressione di percorrere una galleria buia, di cui si intravedeva soltanto la fine.
Spronò il cavallo con la speranza di vedere presto quel poco di luce che il giorno ancora offriva: iniziava a temere che in un posto del genere ladri e malintenzionati potevano nascondersi senza difficoltà, pronti a balzar fuori e attaccare chiunque si trovasse a passare di lì.
Non aveva incrociato molta gente: qualche persona su di un carretto vuoto trainato da buoi, alcuni pellegrini e dei contadini che rincasavano dai campi.

Controllò che il suo inseparabile pugnale fosse al suo posto, in una tasca interna di uno stivale, lo tastò con la mano destra e si sentì più tranquillo.
Avvistò, finalmente, un punto di arrivo in fondo a quella galleria che lo aveva impensierito. Distingueva ora un piccolo raggruppamento di case, una chiesa e un'abbazia addossata sul lato destro, alcuni villici stavano rientrando dal lavoro svolto negli orti.
Si fermò per salutarli: cordiali e sorridenti gli spiegarono che si trovava a Mojane e che, se voleva fermarsi per la notte, avrebbe trovato di certo ospitalità presso la foresteria nell'abbazia delle monache.
Li ringraziò per la loro gentilezza, ma declinò cortesemente l'invito poiché il suo desiderio era di arrivare a Trevisi prima che facesse buio.
«*Sproni il suo bel destriero, signore, se vuole arrivare prima che chiudano le porte della città! Buon viaggio e che Dio la benedica!*»
Proseguì nuovamente per la sua strada. Dopo un tratto abbastanza libero dove il cavallo si era lanciato al galoppo, dovette rallentare a causa di un passaggio più stretto e impervio: grossi rami spezzati dal vento non erano ancora stati rimossi dalla terra battuta; quindi, fu costretto a scendere e proseguire per un tratto a piedi.
L'imbrunire iniziava ormai a spegnere la luce del giorno; immerso in quella fitta boscaglia si inginocchiò per armarsi del suo pugnale, ora preferiva viaggiare pronto ad ogni evenienza.
Aveva appena impugnato l'arma, quando udì provenire dal fitto della vegetazione un rumore sordo di rami spezzati.

Non fece neppure in tempo a sollevare lo sguardo, che qualcuno gli piombò addosso.
D'istinto sollevò il pugnale, puntandolo contro l'aggressore.
Il silenzio fù rotto da un urlo, poi un colpo alla nuca gli fece perdere i sensi.

3

Preganziol, martedì 1° settembre 1987

Alle sette in punto lo svegliò un brano degli Spandau Ballet: la radiosveglia ogni mattina a quell'ora dava inizio alla giornata con una musica di sottofondo.
Angelo aprì gli occhi e vide filtrare il sole dalla tapparella, anche quella tiepida mattina di settembre sembrava portarsi dietro ancora qualche scampolo d'estate.
Richiuse gli occhi e attese con piacere il sommesso borbottio della moka e a seguire il profumo corroborante del caffè.
Lo aveva realizzato lui quel sistema, collegando il contatto della radiosveglia alla caffettiera elettrica e gli consentiva di svegliarsi con l'intenso aroma del caffè. Cosa ci poteva essere di meglio al mattino per iniziare la giornata con il piede giusto?
Era riuscito, sempre con il contatto della sveglia, ad azionare un timer che dopo alcuni minuti apriva la tapparella della

camera: il ronzio del motorino e i primi raggi del sole che entravano dalla finestra lo fecero finalmente alzare dal letto.
Puntuale come un orologio svizzero dall'altra parte del vetro lo aspettava un gatto che pigramente si stiracchiava nell'attesa che qualcuno gli aprisse una finestra.
«Ciao Gisy! Hai finito le tue scorribande notturne, Casanova?»
Entrando, il grosso soriano dal pelo rosso si strusciò tra le gambe per poi puntare dritto verso la sua ciotola di croccantini. Riuscì a fargli una sola carezza, poi il gatto scappò verso il suo cibo, mentre lui si intrattenne alla finestra.
Da lì poteva vedere il piccolo centro del paese dove era nato e ancora abitava.
La strada principale che univa Treviso a Venezia era sempre trafficata e intorno a quel gruppo di case sorgeva il resto dell'abitato.
Vedeva il bar da Cencio leggermente distaccato sulla sinistra e poi una fila di edifici che raggruppava tutti i negozi della piazza: una macelleria, un barbiere, un fruttivendolo, un panificio, un market, una tabaccheria e infine, nel vecchio postiglione di cui si scorgevano ancora i cippi, un altro bar.
Di fronte al locale da Cencio, al di là della strada principale, si allungava il viale della chiesa con in mezzo una fontana ottagonale.
L'appartamento dove viveva da poco lo aveva acquistato suo zio per impegnare un po' di denaro e non volendo lasciarlo vuoto, aveva chiesto al nipote se volesse abitarci.
Angelo, non si era certo lasciato scappare quell'occasione: il suo lavoro a tempo indeterminato gli permetteva una certa

autonomia e l'idea di iniziare a vivere da solo a ventisette anni, era un'occasione da prendere al volo.
Settanta metri quadrati si dividevano tra un'entrata comoda che portava ad un salotto, attiguo ad una cucina con terrazzo. Sul lato destro, un corto corridoio portava ad una camera matrimoniale e il bagno padronale. Di fianco, in un'altra stanza più piccola, si era ricavato uno spazio per le sue passioni: un valido computer e un sofisticato impianto stereo per ascoltare la sua collezione di musicassette. In un armadio custodiva un paio di chitarre elettriche, un amplificatore a valvole, e una pedaliera di effetti in parte da lui costruiti. Qui poteva dare sfogo alle sue doti musicali che spaziavano dal cantautorato italiano a tutti i generi del rock, dal blues, al fusion per finire con il progressivo fino all'heavy.
Dopo una buona colazione e una sistemata veloce all'appartamento, chiuse la porta di casa e salì sul suo furgone parcheggiato lungo il viale della chiesa.
Il mezzo glielo aveva fornito la ditta dove lavorava, così poteva utilizzarlo anche per il tragitto casa-lavoro.
Non aveva avuto difficoltà ad ambientarsi nella nuova realtà lavorativa in cui si era trasferito da alcuni mesi: godeva di maggiore libertà nel gestire il lavoro e più tempo libero rispetto alla precedente occupazione. Anche se piuttosto lontana da dove abitava, gli offrì tuttavia molte agevolazioni in più rispetto alla precedente.
Girata la chiave, il motore diesel si avviò senza sussulti. Come da rito quotidiano, si accese una sigaretta, aprì il finestrino e con una facile manovra si posizionò davanti al semaforo dell'incrocio in attesa del verde, direzione Treviso.

Giusto il tempo che attraversassero i pochi pedoni e sarebbe arrivato il segnale di via. Ingranata la marcia, diede come al solito due colpi di clacson davanti al Bar da Cencio, il locale che frequentava.
Vide all'interno il barista e Armando che alzavano la mano in segno di saluto. Insieme al Bobe e a Silvano erano gli amici della partita a "scopa" che ogni mercoledì e venerdì sera costituiva un appuntamento fisso in quel bar.
Quella mattina Angelo aveva programmato una serie di interventi a Treviso e provincia.
La strada statale, affiancata in alcuni tratti da platani secolari, in direzione nord a quell'ora di mattina era sempre ben trafficata. Tuttavia, a lui piaceva guidare e tutti i chilometri che ogni anno macinava li faceva volentieri. Lo aiutavano a sistemare i pensieri, elaborare idee di progetti elettronici, oppure gli offrivano il tempo per riflettere sui difetti delle macchine che riparava, il tutto sempre accompagnato da una buona musica in sottofondo.
Adorava il suo lavoro, frequentata la scuola professionale per diventare un elettricista, aveva poi seguito la specializzazione in elettronica. Da sempre appassionato di circuiteria elettronica, si dilettava a riparare radio, amplificatori e tutto ciò che prendeva vita da transistor, resistenze, condensatori, addirittura da valvole termoioniche.
Dopo alcuni anni in cui aveva lavorato come elettricista in una ditta industriale, gli era stato proposto di diventare un riparatore di macchine per ufficio. Gli era già capitato di smontarne più d'una e quel mix di elettronica, meccanica, ottica e chimica lo aveva incuriosito al punto tale di accettare il cambiamento.

Alla fine, quel nuovo lavoro lo aveva conquistato e in pochi anni era diventato un tecnico specializzato.
Quella mattina doveva recarsi a Treviso presso la biblioteca comunale, dove l'aspettava una fotocopiatrice Mita DC-4550 con problemi di righe nella copia.
Quel luogo era una delle sue mete preferite: gli piacevano gli ambienti di cultura, in particolare quelli che odoravano di storia.
Il pavimento di tavole di legno e quegli enormi scaffali abbastanza datati pieni di libri, contenevano tante testimonianze del passato, che una vita intera non sarebbe bastata per leggerne una sola parte.
Mauro, il bibliotecario, era il tipico "topo di biblioteca": piccolo e magro, con una evidente gobba e il passo un po' claudicante.
Si avvicinò ad Angelo con un foglio in mano: si aggiustò gli occhiali che scendevano dal naso e con voce perentoria senza salutarlo, lo apostrofò dicendo: «*Questo è il difetto che si presenta dopo una decina di copie...Se faccio una copia soltanto, il difetto non si vede molto. Veda di sistemarla in fretta, perché ho un centinaio di copie da fare*!»
Angelo alzò la mano destra e gli mostrò un ricambio all'interno del suo blister: «*Buongiorno, non si preoccupi. Tra un quarto d'ora la sua macchina sarà come nuova!*»
Il bibliotecario sbuffò: «*Queste diavolerie ne hanno sempre una!*» e se ne andò via scocciato come al solito, richiamando una nuova assunta che cercava di sistemare dei pesanti tomi su uno scaffale troppo in alto per la sua statura.
«*C'è lo sgabello signorina o anche la scaletta! Non posso dirvi sempre tutto!*»

Angelo guardò la nuova impiegata: non era molto alta, i lunghi capelli ramati erano raccolti sulla nuca, portava un paio di occhiali su una montatura di tartaruga, indossava un pullover sopra una camicia, una gonna lunga a fiori e un paio di Clarks basse.
In risposta alla ramanzina del bibliotecario, la sua unica reazione fu una leggera alzata di spalle accompagnata da un sorriso quando incrociò lo sguardo di Angelo.
Prima che la ragazza potesse accorgersi del suo leggero rossore, Angelo si concentrò subito sul suo lavoro: aprì la valigetta in alluminio ed estrasse il cacciavite a croce, spense la macchina e si affrettò a sostituire il ricambio.
Non pensò nemmeno ad accertarsi se il difetto riscontrato fosse proprio quello a cui aveva pensato. Ormai in quel tipo di macchine era un difetto frequente e già lamentato da parecchi altri clienti.
Smontò i supporti che reggevano l'intero tamburo, lo rimosse e lo infilò all'interno di una busta nera in modo che non prendesse luce dall'ambiente; accese l'aspiratoner per togliere i residui dalla vecchia lama e dall'unità di recupero.
Cercò di fare più in fretta possibile, perché un'aspirapolvere acceso in una biblioteca era il massimo dei fastidi e conoscendo il bibliotecario…
Non fece nemmeno in tempo a spegnere l'aspiratoner che alzando lo sguardo vide avvicinarsi la nuova impiegata, che timidamente gli chiese: *«Mi manda il signor Mauro per chiederle* se *ne ha ancora per molto con l'aspirapolvere...perché, sa... in biblioteca è necessario fare silenzio...»*

«Tranquilla! Ho finito di far baccano!» rispose Angelo a bassa voce, sorridendole e strizzando l'occhio.
Lei continuò spiegandogli: «*Conoscerà meglio di me il signor Mauro, pensi che lui mi ha ordinato di far spegnere la sua aspirapolvere non appena ha sentito il rumore. E stamattina ci sono solamente due persone...*»
Ora che era più vicina, riuscì a sentire anche il suo profumo: era gradevole, non troppo intenso, e dietro a quegli occhiali da vista brillavano due luminosi occhi verdi.
«*È un cane loquace, ma non mordace...*» rispose il tecnico sorridendo e allungando la mano. «*Sei nuova qui? Piacere di conoscerti. Io mi chiamo Angelo*».
«Ho iniziato da circa un mese, mi sono laureata in lettere antiche tre mesi fa» rispose la ragazza porgendo la mano. «*Patrizia!*»
Sentì una stretta sicura e decisa che dava chiaramente l'idea di una ragazza che conosceva bene il fatto suo.
Ritornati alle proprie mansioni, Angelo rimontò i pezzi con la sicurezza di un lavoro fatto più volte, riavviò la macchina in modalità tecnica: "simulazione 40".
Sistemò il tutto, appoggiò il test chart sul vetro di esposizione e fece alcune copie.
«*Ottimo. Anche questa è fatta!*» pensò. Impostò una decina di copie e attese.
Alzando lo sguardo, proprio sopra alla macchina vide la stampa di una mappa antica di Treviso, cercò con curiosità il suo paese e lo trovò appena sotto.
Ciò che catturò la sua attenzione fu la quantità di dettagli inseriti. Sembrava riportare fedelmente le case e le chiese presenti nel territorio e in basso a destra, l'iscrizione "Trevisi

1560"; il suo paese era segnato con il toponimo "Prati Gaziol".
Oltre alla Chiesa, la canonica e le case del sacrestano vi erano riportate una serie di edifici lungo la strada principale e poche altri sperduti a sud-est.
Notò anche che la chiesa, da come era raffigurata, sembrava orientata al contrario rispetto a quella attuale.
La fotocopiatrice aveva ormai finito le copie di prova: soddisfatto del risultato, richiuse l'aspiratoner e la valigia e, salutato il bibliotecario, proseguì il suo giro di chiamate.

4

Prati Gaziol, 5 settembre 1451

Udì in lontananza delle voci di bambini che giocavano.
Un gradevole profumo di lavanda giungeva alle sue narici.
Non riusciva a capire dove si trovasse, l'unica cosa certa era un forte mal di testa che lo stordiva.
Provò a muovere il corpo e sentì una fitta alla gamba destra, allungò una mano e provò a toccarsi il ginocchio.
Comprese solo allora che gli era stata fatta una fasciatura: due piccole asticelle ai lati della gamba tenevano fermo l'arto colpito.
Aprì gli occhi e si ritrovò disteso su di un letto, in una piccola stanza con una sola finestra.
L'unico arredo era costituito da un inginocchiatoio in legno intagliato a mano e una cassapanca posta ai piedi del letto; alla sua destra, sopra una sedia, erano appoggiati i suoi vestiti e la sua sacca.

Vide che dalla finestra aperta lo osservava con attenzione un bambino. Non poteva avere più di una decina d'anni, la carnagione era scura tipica di chi trascorre le giornate al sole, i capelli neri e due grandi occhi attenti ai movimenti circostanti.
Quando si accorse di essere osservato, scappò via e lo sentì gridare in lontananza: «*Mamma! Il cavaliere si è svegliato!*»
«Come sono arrivato fin qui?» si chiese perplesso.
Il fatto di essere ancora vivo, ma di non sapere nient'altro oltre a questo, gli provocò un certo turbamento.
Sussurrò una preghiera, come era sua abitudine, per ringraziare il buon Dio, anche per tutto ciò che ignorava gli fosse successo.
Perlustrò nuovamente la stanza, dove si diffondeva anche un profumo di fieno proveniente dall'esterno.
Cercò di alzarsi, ma un dolore alla schiena lo fece ricadere sul letto. Strinse i denti, chiuse gli occhi e ci riprovò.
Stava facendo forza con le braccia per mettersi seduto, quando sentì due mani afferrarlo e sollevarlo di peso.
Sorpreso per la forza con cui veniva aiutato ad alzarsi, girò il capo e con stupore notò che si trattava di una donna.
Dai lineamenti del volto si poteva supporre che fosse di origini arabe: era davvero molto bella, aveva capelli di color nero corvino e occhi penetranti dello stesso colore.
«Buongiorno, signore. Mio marito l'ha trovata lungo la strada, mentre stava tornando dalla campagna. Era sotto un brigante a cui stavano dando la caccia da giorni...Ci ha liberato da una piaga. Lui non si spiega come lei sia riuscito a sopraffarlo».

Il tono pacato e sicuro della donna lo stupirono, non si era peraltro ancora ripreso dallo stordimento del risveglio.
Lentamente cominciò a ricordare in modo confuso ciò che gli era capitato.
«In verità non lo so nemmeno io. Ho sentito dei rumori tra i rami degli alberi e ricordo che tenevo in mano il mio stiletto. L'ho alzato verso il punto da cui proveniva il rumore, ma non ricordo più null'altro. Vi ringrazio di cuore per le cure che mi state riservando. Non mi conoscete nemmeno, eppure mi avete soccorso come un fratello, ne avrete ricompensa!»
La donna sorrise e aggiunse*: «Mio marito dovrebbe tornare per pranzo e ha riconosciuto, anche se li avete mascherati molto bene, i vostri segni di cavaliere Giovannita. Anche lui è stato in Terrasanta. È lì che l'ho conosciuto».*
L'informazione lo allarmò, era pressoché convinto di essere riuscito a nascondere a tutti il suo passato.
Invece, quella donna di rara bellezza dai lineamenti delicati e misteriosi, aveva scoperto una parte segreta di lui. La osservò meglio mentre gli dava le spalle: aveva un corpo snello e affusolato, ma braccia e gambe ben tornite e muscolose di chi conosce la fatica del lavoro dei campi.
«Vi ringrazio anche delle cure che avete dedicato alla mia gamba, pensate che l'osso si sia fratturato?» le chiese.
«Quando mio marito vi ha portato a casa, ho notato un gonfiore e una serie di lividi al polpaccio della gamba destra. Immobilizzare l'arto è stata la prima cosa che ho ritenuto di dover fare. Più tardi potrà provare ad alzarsi in piedi. Come si sente ora?»

«A parte la testa un po' intontita e qualche fitta alla schiena, direi abbastanza bene...Questo letto profuma di pulito ed è molto comodo».
«Avete dormito per più di un giorno e mezzo, avrete anche fame, credo. Ho una zuppa di legumi sul fuoco e vedrete che vi farà passare il mal di testa», osservò con calma la donna, avviandosi verso la porta che conduceva ad un piccolo portico. *«Ecco, è arrivato anche mio marito!»*
Sentì, un po' ovattato, lo scalpiccio degli zoccoli di un cavallo e la voce della donna che accoglieva il marito con la notizia che il soldato si era finalmente svegliato.
A passi svelti l'uomo si stava avvicinando e quando lo vide sulla porta sussultò *«Alvise! Amico mio! Non mi sembra vero... Sto sognando! Solo il volere di Cristo ha potuto farci ritrovare!»*
Il ferito cercò di alzarsi dal letto per abbracciare l'amico ritrovato.
«Calma! Calma Angelo! Non ci credevo nemmeno io quando ti ho trovato sotto quel malfattore: eri malconcio ma vivo, ed eccoci qui, amico mio!»
Sembrava impossibile, ma poteva riabbracciare dopo molto tempo il suo compagno con cui aveva condiviso viaggi ed imprese in terre lontane.
Erano partiti da Venezia su di una galea, verso i luoghi del Santo Sepolcro, avevano combattuto insieme. Il destino li aveva separati in terra straniera, per poi farli ritrovare inspiegabilmente, dopo tanti anni, in un modo così strano.
Alvise lo aiutò ad alzarsi dal letto. Angelo provò a caricare il peso sulla gamba fasciata, ma sentiva ancora un forte dolore.

«Ehi, compagno di ventura! Non penserai mica di potertene andare in queste condizioni?»
«Tranquillo, amico mio, penso che dovrò approfittare della tua gentile ospitalità ancora per qualche giorno», rispose Angelo, sedendosi a tavola per il pranzo.
La curiosità dei figli di Alvise lo indusse a raccontare le vicissitudini che i due cavalieri Giovanniti avevano condiviso durante la traversata su di una galea[7] verso la Terrasanta: un racconto condito di particolari goliardici e avventure al limite del verosimile, di tempeste in mare aperto e di molte miglia percorse a scortare i pellegrini.
Soddisfatta, per il momento, la curiosità dei bambini e promesso altri racconti per la sera, Alvise e Angelo rimasero da soli.
«Caro amico! Sono convinto che non sia stato soltanto il caso che ci ha fatto incontrare di nuovo!» esordì Alvise, liberando finalmente le impressioni che provava in cuor suo *«con tutti i luoghi che ci sono al mondo, dovevi finire proprio qui? E proprio io dovevo soccorrerti?»*
Continuò poi, riflettendo ad alta voce: *«Sono sicuro che sia stato il caso a regolare le nostre vite, più della nostra personale volontà. Ma è ben detto che chi lotta davvero scoprirà, prima o poi, che i suoi obiettivi lottano anch'essi per lui».*
Angelo si rivolse in risposta ad Alvise: *«Ho compiuto azioni, negli ultimi tempi, che è meglio nessuno sappia! Pensavo di aver concluso il mio peregrinare assolvendo la mia missione, ma mi accorgo ora che probabilmente non è così! Mi ero*

[7] Imbarcazione veneziana

illuso e ciò mi ha fatto riflettere: dopotutto la mia vita è stata, è, e sarà, tutta per quella missione».
«Amico, mi sembra di capire che ti stai portando appresso un pesante fardello! Sappi che sul mio aiuto puoi sempre contare!»
«Sei l'unico di cui posso fidarmi! E ora, dopo tutto quello che mi è successo, non sono più certo se ciò che ho compiuto, sia stato giusto!», proseguì Angelo, toccandosi la fasciatura e sentendo che in più punti gli procurava ancora dolore.
«Questa gamba inferma mi ha convinto che non posso agire sempre da solo! Ti racconterò tutto, perché finalmente ho compreso che devo condividere questo segreto con te!»
Alvise ascoltò in silenzio tutto il racconto del suo amico e quando giunse alla fine gli disse: *«Caro amico, come hai fatto a vivere con un tale segreto? Come sei riuscito a custodirlo dentro di te e nasconderlo così bene a tutti? Capisco come la tua anima sia in pena per non sapere con certezza se hai compiuto la cosa giusta! Ascoltami: ora pensa a guarire e vedrai che riceverai un segno dal Cielo per intendere chiaramente come dovrai agire in futuro! Ora hai tutto il tempo per guarire e qui con noi sei in ottima compagnia!»*
«Di tutto questo non saprò mai come ricompensarti, amico mio!» rispose Angelo.
Aveva gli occhi lucidi e il cuore sollevato per il peso che aveva condiviso.
«Ma ora raccontami di te e di tua moglie, dove vi siete conosciuti?»
«Credo che la mia storia è più lunga della tua», rispose Alvise, *«e te la racconto volentieri perché è stata la parte più*

dura e sofferta della mia vita ma anche senza dubbio la più emozionante e gratificante!»

Si alzò e da una cassapanca prese una piccola bottiglia, tolse il tappo e versò il liquido giallo paglierino nelle coppe che aveva davanti.

«Questo lo acquisto direttamente da un mercante di Venezia, quando torna dalla Sicilia: si chiama Moscato, assaggialo! Per me potrebbe essere quello che chiamavano il nettare degli dei!»

Il profumo era intenso, con un sentore floreale di zagara: al palato rivelava un gusto fruttato e note di spezie.

«Confesso, amico mio, che in vita mia non ho mai bevuto nulla di simile... Hai ragione, è il nettare degli dèi!»

«Brindiamo Alvise! Al"caso" che non esiste!»

Alzarono le coppe e sorseggiarono degustando quel vino prezioso.

E così Alvise iniziò il racconto di come aveva conosciuto sua moglie e delle tante vicissitudini del viaggio per ritornare a casa:

«Era il 1439. Mi era stato assegnato un gruppo di pellegrini da accompagnare a Gerusalemme...»

5

Preganziol, Mercoledì 2 Settembre 1987

Il bar non era molto grande, costruito all'incirca negli anni '30 in stile "Art Déco", rappresentava il tentativo di conciliare la tradizione romana e lo stile moderno.

Nel periodo fascista, poi, era stata aggiunta una balaustra sul piano superiore per ospitare i comizi delle camicie nere.

All'interno, il pavimento in palladiana nera e bianca e gli arredi risalivano agli anni Cinquanta, erano puliti e tenuti a dovere. Un bancone a forma di ferro di cavallo delimitava uno spazio al centro della sala dove, erano sistemati una decina di tavolini; alla destra dell'entrata era collocata una vecchia macchina per fare il gelato, di colore verde, verde pistacchio per la precisione: il colore che ispirava in Angelo i ricordi di bambino, quando passava le domeniche pomeriggio a mangiar gelati, mentre il padre ascoltava gli aggiornamenti

calcistici da una vecchia radio a valvole, posta su di una mensola proprio sopra la gelatiera.
Poi, al posto della radio era arrivata la televisione.
Da allora, tutti i frequentatori della domenica si riunivano puntualmente e in religioso silenzio ascoltavano la voce di Paolo Valenti, con il programma "Novantesimo minuto" dove il cronista comunicava i risultati delle partite del campionato.
La radio comunque era ancora lì, sopra quella mensola, appoggiata su un vecchio centrino ricamato. Spenta da tempo, era divenuta ormai un grazioso soprammobile, che faceva comunque la sua bella figura con l'arredamento del locale, rimasto immutato da una trentina d'anni.
Cencio, il gestore, sempre cordiale e gentile, non si era mai visto arrabbiato, neppure quando alcuni avventori del locale, con qualche bicchiere di troppo sullo stomaco, iniziavano a disturbare.
Forse per la sua statura di un metro e novanta e i suoi cento chili di peso, facevano desistere chiunque dall'attaccar brighe nel suo bar.
La moglie, Valentina, era anche lei di alta statura ma ben più magra, con un carattere più introverso e riservato, che al cliente poteva sembrare, dapprima, anche poco gradevole e inadatto all'ambiente; tuttavia, conoscendola meglio, anche lei era affabile e di compagnia.
Gli amici di Angelo erano lì che lo aspettavano, seduti al solito tavolo per la partita di scopa del mercoledì: Armando, il sacrestano, il "Bobe" e Silvano, l'elettricista del paese, coetaneo di Angelo.
«S*empre ultimo!*» lo rimproverò Silvano.

«Dai, che bevi? Il solito?» Bastò un cenno della testa che il Cencio aveva già capito cosa servire a quel tavolo: due fragolini (una parte di vino rosso, di solito Cabernet, e un'altra di gazzosa), una birra alla spina e una Sambuca.
Le squadre erano già composte: ogni settimana si alternavano a rotazione e oggi Silvano e Angelo giocavano insieme.
L'intesa tra loro era perfetta, forse perché si conoscevano dai tempi della scuola o forse perché avevano la stessa età: quando giocavano insieme, la vittoria era quasi sempre assicurata.
«Angelo! Ricordami che ho due schede elettroniche da farti vedere...» «Cancelli elettrici?» chiese, dando un' occhiata alle carte della prima mano. *«Nessun problema...»,* assicurò, raccogliendo insieme il due di denari e il tre di coppe grazie al suo cinque di denari.
«Avrei anch'io un favore da chiederti», intervenne Armando *«Si sente un ronzio nelle colonne degli altoparlanti della chiesa, specialmente quando suonano le campane».*
«Lo avevo sentito domenica scorsa, basterà mettere un filtro nell'amplificatore. Lo preparo e poi te lo porto» rispose con tranquillità Angelo.
Poi scherzosamente si rivolse all'unico rimasto in silenzio *«Scusa Bobe, tu non hai niente da riparare?»*
«Me par de no...Tutte e lampadine de casa e funsiona, compresa a radio e a teevisiòn!», rispose sorridendo divertito in dialetto, dopo aver raccolto dal banco un cinque e un due con il settebello.
La serata continuava scherzosamente, ma quella sera si intavolò una discussione più seria quando Angelo cominciò a raccontare quello che aveva visto il giorno prima.

«Ieri mattina ero in biblioteca a Treviso, ho notato sopra la fotocopiatrice una mappa di Treviso del 1500 circa e mi ricordo di un casolare piuttosto grande a metà strada tra Preganziol e Dosson...»
«Molto probabile che si tratti del monastero dei benedettini, oppure della fornace di mattoni nelle vicinanze, c'era anche quella» rispose Armando, continuando a pescare carte buone dal banco.
Anche Angelo riuscì a fare una scopa e quindi a far sorridere l'amico.
«Già!» continuò Armando. *«Il monastero venne edificato proprio con i mattoni prodotti dalla fornace e quindi il lavoro di costruzione fu rapido. Nei campi vicini durante i lavori agricoli hanno trovato anche vasellame e vasi di vetro prodotti sempre dalla fornace».*
Un cenno di assenso del suo compagno Bobe confermò quello che stava dicendo.
«Sempre sulla mappa di Treviso, nella biblioteca, la chiesa di Preganziol era rappresentata però al contrario di adesso, rivolta verso ovest e non verso est» incalzò Angelo, sopraffatto dalla curiosità di sapere qualcosa di più sul passato del suo paese.
Armando svuotò il bicchiere e prese la parola: «*Sicuro! La vecchia chiesa, costruita intorno all'anno Mille era orientata come quella di Sambughè, con l'abside verso est e l'ingresso principale verso ovest in modo che la luce del mattino illuminasse il coro per le lodi.*
La chiesa, poi, è stata restaurata più volte ed è rimasta rivolta a ovest fino al maggio del 1778, quando si pose la prima pietra della chiesa attuale, il 25 maggio per la precisione. Fu

finalmente aperta al culto nel 1782 e orientata verso est per affacciarsi sulla strada napoleonica».

Il sacrestano continuò il suo racconto *«Quel monastero, comunque, era sulla strada che portava a Casier e successivamente quando i monaci lo lasciarono divenne una casa colonica chiamata la "Scabora"».*

Silvano era concentrato sulle carte, mentre Angelo seguendo il filo del discorso giocava distratto.

«La "Scabora" era la casa dove io sono nato» intervenne a quel punto il Bobe: *«era un grande casolare di campagna dove vi abitavano una sessantina di persone, mio padre mi raccontava che era stato costruito secoli prima, forse nel milletrecento. Aveva un chiostro rivolto a sud ed era orientata in modo ben studiato, a"un boto e diese[8]."»*

Quest'ultima frase aveva attirato maggiormente l'attenzione di Angelo che, distogliendo ormai irrimediabilmente l'attenzione dal gioco, stava regalando carte agli avversari.

«Cossa vol dir "un boto e diese"?» chiese, accorgendosi comunque che Bobe e Armando, d'intesa, stavano approfittando della sua disattenzione.

Armando spiegò: *«Le case rurali, da queste parti, erano costruite con la facciata frontale orientata non perfettamente a sud, ma leggermente spostata di alcuni gradi verso ovest, in modo da sfruttare il massimo irraggiamento frontale del sole per tutto l'arco dell'anno. Supponendo che l'orientamento a sud corrisponda al mezzogiorno, l'orientamento a "un boto e diese" è, perciò, spostato di circa undici gradi verso ovest.»*

[8] Indica la posizione delle lancette dell'orologio alle 13:10

«Chiarissimo, grazie!» risposé Angelo, cercando di recuperare qualcosa dal banco con una scopa e passandola a Silvano.

«*Quello che ricordo»* proseguì Bobe *«è che aveva un porticato frontale lungo venti metri e largo quattro e ci stavano sei carri di fieno lì sotto! Quando i miei vecchi si sono sposati, il banchetto di nozze era proprio lì sotto e c'erano tavoli e panche per circa duecento persone!»*

«Nel diario di mio bisnonno» intervenne Armando, «*ho trovato menzione degli avi del Bobe: avevano ristrutturato il monastero ormai in rovina, per poi abitarci. Si racconta inoltre, che avessero trovato qualcosa di misterioso durante i lavori di sistemazione. In seguito, inspiegabilmente decisero di fare un voto e offrire un contributo per la costruzione della nuova chiesa che puoi vedere adesso».*

Ormai la partita era irrimediabilmente compromessa e Angelo con un'alzata di spalle fece capire a Silvano che ormai c'era poco da fare: preferì terminare lo scarto regalando carte buone agli avversari e andando a fondo della storia che ormai era diventata coinvolgente.

«*Quindi le vostre famiglie storiche del paese hanno contribuito alla costruzione della chiesa? Ma, scusate, che cosa avevano trovato all'interno del convento?»*

Lo scarto era finito e la conta dei punti portava in vantaggio i due veterani, ma Angelo capiva che quella sera, per lui, era più importante la conoscenza del passato del paese.

Il Bobe, soddisfatto dell'esito del primo scarto, sorseggiò il suo fragolino e una volta appoggiato il bicchiere rispose: «*Una cassa con un libro dentro, un diario del 1400 scritto da un soldato crociato».*

«Scusa?» riprese Angelo, *«ma nel 1400 i crociati non erano già belli che andati?»*
«Da quanto scritto in quel libro, si poteva dedurre che tutti i tesori accumulati negli anni precedenti non erano di certo svaniti nel nulla, anzi, si poteva ragionevolmente pensare che qualcuno, in un qualche momento, avesse potuto occultare molto bene una parte del bottino affinchè non si potesse più ritrovare...»
Angelo che, dopo aver mescolato e fatto tagliare il mazzo da Armando, stava distribuendo le carte, chiese allora: *«Che scopo ha nascondere un tesoro sapendo che nessuno mai lo troverà? A parte questo, esiste ancora quel diario da qualche parte?»*
Osservando le carte appena ricevute Armando intervenne dicendo: *«No! Fu considerato troppo pericoloso, e quindi è stato distrutto...»*
«Distrutto? E da chi?» chiese Angelo, sempre più incuriosito. Osservò le facce dei due giocatori antagonisti che, dopo essersi scambiata un'occhiata, alzarono le spalle come a dire: *«e chi lo sa...»*
«Ma come!» replicò il mazziere di turno, dopo aver scoperto l'ultima delle quattro carte del banco e riposto il mazzo, *«Magari nascoste fra le frasi c'erano indicazioni interessanti su dove poteva essere nascosto il tesoro»*.
«Probabilmente è stato distrutto perché nelle mani sbagliate quel tesoro anziché far del bene poteva essere usato in maniera sbagliata».
Silvano, che era sempre rimasto in silenzio, visti i risultati del primo scarto, chiese finalmente al suo compagno di gioco: *«Come mai tutto questo interesse per questa storia?»*

Angelo candidamente rispose*: «...tempo fa avevo letto un articolo su una rivista di storia locale che accennava ad un convento presente da queste parti e ormai scomparso, poi la storia mi ha acchiappato!»*

«Certo! Come i punti che abbiamo regalato a questi due!» replicò un po' seccato il compagno, svuotando il bicchiere e sbattendolo sul tavolino.

«Calma, Silvano!» rispose Armando *«Un po' di cultura non farebbe male neanche a te!»* e gli altri scoppiarono a ridere.

«La storia comunque non è finita: per anni la chiesa è stata più volte visitata dai ladri, ma non è mai stato rubato nulla. Tutti cercavano il tesoro del soldato, ma probabilmente nessuno lo ha trovato!»

«Curioso...violare una chiesa per non trovare niente, molto strano!» sussurrò Angelo.

Il sacrestano continuò il racconto: «Mio nonno e mio bisnonno paterno raccontavano di una diceria secondo la quale all'interno di un altare ci fosse nascosto il tesoro dei Templari. Quindi molte chiese del circondario furono violate e spesso gli altari scoperchiati, ma del tesoro non c'era alcuna traccia».

La serata ormai giunta alla fine era stata gradita sia da chi aveva vinto a carte, sia da chi era rimasto soddisfatto delle risposte ricevute. Solamente Silvano non digeriva la perdita al gioco, ma Angelo aveva pensato bene di offrire a tutti il bicchiere della staffa, tanto per addolcire il boccone amaro della sconfitta.

Prima di congedarsi, Armando chiese ad Angelo se potesse procurargli una copia di quella mappa.

«Vorrai dire una fotocopia...non una copia!» rispose Angelo sorridendo *«Consideralo fatto! Ne vuoi una anche tu, Bobe?*
«Se te ne avansa una...porta casa!» rispose in dialetto.
Si salutarono tutti con l'ultima sigaretta della sera.

6

Mestre, Giovedì 3 Settembre 1987

Il laboratorio della nuova ditta era il suo regno felice: aveva arredato completamente quella stanza tre per quattro metri, con un'ampia finestra che dava a ovest.
Un paio di banchi da lavoro, di cui uno completo di strumentazione per testare le schede elettroniche, alimentatori da banco, oscilloscopio e un sistema che aveva personalmente progettato che simulava una linea telefonica per provare i fax.
Una cosa di cui andava fiero poi, era il sistema di aspirazione delle polveri di toner centralizzato.
Con il prezioso aiuto di un amico idraulico, aveva praticato un foro alla parete che dava sul magazzino e sistemato un bidone aspiratutto, che si azionava tramite un comando remoto a pedale, in laboratorio.
Quindi nessun rumore molesto ma soltanto il sibilo del tubo che aspirava.

Anche l'impianto dell'aria compressa era "self made", silenzioso anche quello, perché ricavato dal compressore di un frigorifero, collegato ad un pressostato e ad una bombola.
La musica in sottofondo non poteva mancare: un vecchio rack completo di tutto in un angolino della stanza e un paio di grandi casse acustiche diffondevano un po' ovunque la musica trasmessa alla radio.
Quella mattina, la prima macchina da sistemare era una Mita DC-1685, una delle prime fotocopiatrici con il fronte retro semi-automatico: una apparecchiatura rimasta in ufficio e utilizzata per un certo tempo per il servizio di fotocopie al pubblico.
«Un catorcio! Non so come sia possibile vendere un catenaccio del genere!» era ciò che aveva detto al suo capo quando costui gli aveva preventivato la vendita di quella macchina ad una parrocchia alla periferia di Mestre.
In tutta risposta, si era sentito dire: *«Tranquillo, è un prete che stampa poco e poi gli serve soltanto per l'ufficio parrocchiale. Gli ho fatto un buon prezzo!»*
*«Non avevo dubbi! »*Pensò tra sè e sè Angelo.
Va beh! Venduta era venduta, non aveva molte copie e la revisione sarebbe stata facile.
Questo modello presentava un cassetto interno, dove la carta fotocopiata sul primo lato veniva depositata per poi essere ripescata e fotocopiata sul retro: un'innovazione che aveva reso quella fotocopiatrice un ottimo incentivo per la vendita. Anche se poi, si era dimostrata poco funzionale, a causa dei frequenti inceppamenti, poco dopo era stata rimpiazzata con un'apparecchiatura più veloce e funzionale, togliendo la funzione del cassetto di recupero.

La macchina in questione era il tipico caso che, in gergo tecnico, veniva definito un “morto”: un modello mal riuscito e difficile da piazzare sul mercato.

Aperto il coperchio frontale, Angelo aveva notato che nel cassetto interno c’erano ancora dei fogli: «*Ecco, non li ha nemmeno segnalati.... potrebbe essere il sensore di presenza carta guasto!*»

Stava già riponendo quei fogli nel pacco da riciclare, quando il primo di essi catturò la sua attenzione.

Era la fotocopia di una pagina miniata, piena di simboli e numeri, così insolita che sembrava quasi una mappa del tesoro.

Il testo era quasi tutto in latino, ma c’erano anche dei versetti scritti in un italiano non troppo recente.

Prese il foglio e andò nell’ufficio della segretaria: «*Scusa Martina, ti ricordi a chi hai fatto questa fotocopia?*»

Era fiducioso dell’ottima memoria dell’impiegata, che riusciva a gestire due titolari particolarmente sbadati e ricordava con dovizia di particolari fatti accaduti anche mesi prima.

«*Certo che sì! Era un signore sulla sessantina, capelli lunghi e brizzolati: un bell’ uomo dall’aspetto curato.*

Dava l’impressione di essere un insegnante, ma di quelli buoni, non un “cancaro[9]”. Me lo ricordo bene perché era particolarmente nervoso, sembrava avere il diavolo alle calcagna, infatti ha preso la fotocopia ed è scappato via senza aspettare lo scontrino ed il resto».

«*Era arrivato in auto o a piedi?*» chiese il tecnico.

[9] Professore esigente e poco socievole

«In auto, era un'Alfa 75 rossa!»

«Grazie Martina, sei sempre il top!»

Ritornò in laboratorio e riguardò il foglio con più attenzione: oltre alla serie di scritte e numeri, un dettaglio saltava subito agli occhi, l'immagine di una strana chiave che ne occupava la parte centrale.

26 8

Sinistro latere, occultata clavis

Lignum accipes illum,
ubi lacrimae lapsae sunt in radicibus.
Cum coles sicut tibi dicam,
et reliquia pretiosissima facta erit.

10 9 1451

In opre eterne, e a Te segna il sentiero,
o Madre del Salvatore che ispirasti colei
a cercarmi, io umile et anch'io storpio e devoto
servitore, la mia miracolosa guarigione
che mi indicò il giusto cammino per poter
guidar la tua greggia a l'alto ovile

Non in viribus usquam

Gratias et ostendes

Lesse quel poco che riuscì ad intendere, però riguardando lo scritto con attenzione, non se la sentì di gettarlo tra i fogli da riciclo.
Lo ripiegò in quattro e se lo mise nella tasca posteriore dei jeans.
Poi uscì a fumarsi una sigaretta.

7

Prati Gaziol, 9 Settembre 1451

Seduto su una panca fuori dalla casa di Alvise, teneva la gamba dritta, bloccata ancora con le stecche.
Aveva provato a posare il piede a terra: non aveva dolori, ma riusciva a malapena a caricare il peso del suo corpo. Avrebbe atteso pazientemente la guarigione, in fondo aver ritrovato quel suo amico sembrava proprio un segno del destino.
La giornata era mite e lui osservava con interesse due villani che a poca distanza, dall'altra parte della strada battuta, stavano togliendo un grosso ceppo dalla riva di un fosso.
La loro pazienza e meticolosità avevano catturato l'attenzione di Angelo.
Come utensili avevano soltanto una piccola accetta e una vanga con un mezzo manico: toglievano la terra che

circondava il tronco e dove gli arnesi non arrivavano usavano le loro nude mani callose.
«Vi servirà ben più di un giorno per togliere quel ceppo!» gridò loro Angelo, per attirare l'attenzione.
Quello che sembrava il più anziano alzò la testa e disse: *«Non si preoccupi messere, vedrà che prima di sera sarà nel nostro carretto!»*
«Vi darei volentieri una mano, ma come vedete sono costretto a star fermo qui» rispose con cortesia Angelo.
«Non vi è permesso, signor cavaliere! Il nostro conte potrebbe vederci, ma vi ringraziamo del pensiero», replicò sempre l'uomo più vecchio.
Quello più giovane non alzava la testa, quasi più per introversione che per paura.
Avrà avuto una ventina d'anni: alto, scuro di carnagione, con dei folti capelli ricci e corvini, sembrava quasi di origini montenegrine.
«Giovane, come vi chiamate?» chiese Angelo.
Il giovane si bloccò all'istante e alzò la testa *«Piero, Signore!»* e abbassò subito lo sguardo, per tornare al lavoro.
Fu distolto dalle grida dei bambini di Alvise e da un profumo insolito, inspirò profondamente e pensò a dove avesse già sentito quella fragranza.
«Nardo, è sicuramente nardo! Il profumo della Maria Maddalena!»
Lo aveva riconosciuto perché in Terrasanta lo aveva acquistato e portato a casa.
Ma come poteva aleggiare lì, in mezzo alla campagna?

Si guardò intorno se per caso la moglie di Alvise fosse nei paraggi, ma il mattino lo aveva avvisato che sarebbe andata nei campi a raccogliere erbe selvatiche.
Vide in fondo alla strada una bambina, accompagnata da un uomo, si stavano avvicinando e il profumo proveniva proprio dalla loro parte.
Non appena la bambina vide Angelo iniziò a corrergli incontro e giunta a pochi passi disse: «*Messere, portate il nome di Angelo?*»
Lui annuì, basito.
«*Voi non mi conoscete, io sono Gratiosa. Ho avuto la grazia di vedere la Madonna. La Signora del Cielo, parlandomi, mi ha detto di portarvi un messaggio. Mi ha incaricato di riferirvi che il tesoro che avete messo al sicuro è in pericolo. Lo dovete spostare da dove lo avete collocato. Lei vi indicherà dove nasconderlo!*»
Nel frattempo arrivò anche l'uomo che era con lei e si presentò.
«*Messere*», chinò la testa, «*sono Antonio Tabarello di Natisone e costei è mia figlia Gratiosa. Fino a ieri era storpia alla gamba e al braccio destro. Stava pascolando i porci quando racconta di aver avuto la visione della Nostra Gloriosa Signora Vergine Maria, che l'ha guarita dalla sua malattia e le ha conferito conoscenza di guerre e carestie che giungeranno in futuro in queste terre.*
Oggi doveva recarsi in questo luogo e trovare un soldato con una gamba fasciata, per portargli un messaggio!»
Angelo guardava attonito quella bambina: un viso radioso incorniciato da capelli lisci, lunghi e scuri. Il suo corpo minuto, lasciava intravedere un braccio e una gamba più

magri rispetto agli altri due arti, a conferma del miracolo appena raccontato dal padre.
Gratiosa alzò gli occhi e i loro sguardi si incrociarono.
Angelo sentì di nuovo il profumo forte ed intenso del nardo e disse: «*Figliola, tu che hai avuto la fortuna di vedere la Nostra Signora Vergine Maria, sii benedetta! E che tutti possano crederti, come sto facendo io, per quello che hai visto e sentito!*»
La bambina non aggiunse altro: si avvicinò ad Angelo e gli toccò la gamba ferita. Questi, sentì subito un forte calore irradiarsi su tutto l'arto; quasi spaventato, guardò Gratiosa che gli stava sorridendo.
«*Ecco quello che la Nostra Vergine Maria mi ha detto di dirle e di farle. Ora, padre, possiamo andare dal parroco che vuole portarci dal Podestà!*»
A quel punto si era raccolta un po' di gente intorno.
Erano arrivati i figli di Alvise con la madre e i due villani.
Il più anziano di questi iniziò a parlare con il padre della fanciulla.
«*Toni..,. go sentìo a storia! A gà visto a Madona?*»
«*Si! Varda, a xe guaria e a ghe ga dito anca queo che sucedarà tra un pochi de ani. Adesso 'ndemo a contarghe tuto al podestà, Nicolò Marcello...*[10]»
Il giovane Piero si era inginocchiato di fronte alla bambina e la guardava attentamente. La toccò sulla spalla e si fece il segno della croce.

[10] Antonio. Ho sentito la storia! Ha visto la Madonna? Si guarda: l'ha guarita e gli ha detto quello che succederà mei prossimi anni. Adesso andiamo a raccontare tutto al Podestà Niccolò Marcello.

Alvise, nel frattempo, dopo aver sentito il calore avvolgergli la gamba al tocco di Gratiosa, ebbe la sensazione che il dolore fosse scomparso. Alzò lo sguardo e incrociò gli occhi della moglie di Alvise che con un piccolo cenno del capo gli fece intendere di aver ben compreso ciò che gli era accaduto.
Provò a toccarsi il ginocchio e constatò che non gli doleva più.
Gratiosa, prima di congedarsi, si rivolse ai convenuti: «*Diciamo insieme una preghiera alla Madonna ed esultiamo per la grazia che ci ha donato.*»
Angelo provò ad alzarsi e lo fece senza sforzo.
Congiunse le mani e si unì alla recita della preghiera abbassando il capo e osservando la gamba guarita.
Terminata l'orazione, sollevò la testa e vide che la fanciulla gli si era avvicinata per sussurrargli ancora qualcos'altro.
Tra il profumo di nardo e quelle parole sentiva un senso di pace e tranquillità che gli mancavano da tempo, osservò lo sguardo della fanciulla, e con un cenno del capo la salutò.
Angelo chiese quindi alla moglie di Alvise dove poteva trovare il suo amico, non sarebbe riuscito ad aspettare la sera per narrare il fatto prodigioso che gli era successo. Fortunatamente non distava più di due miglia da casa e camminare a passo veloce gli fece ricordare e ringraziare Dio del dono delle gambe.
Trovatolo in fondo ad un campo, intento ad estirpare le erbacce da una piantagione di zucche, lo chiamò e vide l'amico alzare la testa incredulo.
«*Angelo! Come hai fatto a venire fin qui con quella gamba malandata?*»
Si sedettero all'ombra di un albero di fico e quindi Angelo raccontò tutta la sequenza degli eventi appena successi,

concludendo: *«Sembrava quasi che tu sapessi come le cose sarebbero andate!»*
«Caro amico...», rispose con la sua calma, *«Nulla vien per caso, te l'ho già detto e te lo ripeto».*
«Adesso ho tutte le indicazioni su dove riporre al sicuro il segreto. Spero di poter contare su di te!»
«E quando mai ti ho negato il mio aiuto! Per te questo e altro!»

Il giorno ormai volgeva al termine, tornarono a casa insieme, senza fretta.

8

Treviso, Venerdì 4 settembre 1987

L'ultimo cliente della mattina era nei pressi della biblioteca, Angelo guardò l'orologio al polso, segnava le 12:10.
«Ce la posso fare» disse fra sé. Ripose la borsa nel furgone, controllò il disco orario sul parabrezza e si tastò la tasca posteriore dei jeans per sincerarsi che la fotocopia fosse ancora dove l'aveva riposta e si incamminò verso la biblioteca.
Entrato, ignorò lo sguardo torvo del bibliotecario, immaginava un'accoglienza del genere in prossimità dell'orario di chiusura.
«*La fotocopiatrice non ha problemi!*» bofonchiò il bibliotecario, senza salutarlo.
«*Buongiorno signor Mauro, no, non sono qui per la macchina. Volevo solo chiedere una cosa a Patrizia, riguardo a una ricerca che sto facendo.*»

«Si trova nell'altra sala. E si sbrighi, comunque! Tra un quarto d'ora si chiude!»
Angelo rispose con un "grazie" a denti stretti e si avviò nell'altra stanza.
La trovò seduta all'estremità di un grande tavolo, intenta a catalogare dei libri giunti da un nuovo editore.
Quando lo sentì arrivare, sollevò la testa e, riconosciuto il tecnico, lo salutò con un grande sorriso.
«Buongiorno! Come mai da queste parti?»
«Ciao. Ho bisogno di un favore!» rispose ricambiando il sorriso.
«Potrei fare una fotocopia della mappa che c'è sopra la fotocopiatrice?» chiese sottovoce, per non farsi sentire dal bibliotecario.
«Vai tranquillo, ci penso io a distrarlo nel frattempo». Gli bastarono un paio di minuti per staccarla dal muro e posizionarla sopra il vetro di lettura della macchina. Regolato lo zoom e la luminosità, in modo da catturare anche i minimi particolari, premette il tasto start.
Rimesso tutto a posto, incrociò lo sguardo di Patrizia, che lo raggiunse.
Nel salutarla e ringraziarla si ricordò della fotocopia che teneva in tasca e gliela porse.
«Ho trovato in una macchina questa fotocopia che mi ha incuriosito, tu riesci a capirci qualcosa? È latino, vero?»
Gli passò il foglio piegato in quattro.
Apertolo, la ragazza spalancò gli occhi, trattenne il respiro e alla fine alzò la testa, lo guardò fisso e gli chiese con voce tremante: *«Dove lo hai trovato?»*

Angelo rispose con tranquilla indifferenza, senza dare troppo peso alla strana reazione della ragazza.
«È una storia lunga e difficile da spiegare. L'ho trovato in un cassetto di un fronte-retro della fotocopiatrice che usavamo per le fotocopie al pubblico».
Lei richiuse in fretta il foglio e glielo restituì e guardandolo dritto negli occhi, gli disse in tono serio: *«Qui non posso parlare, tra dieci minuti stacco, dove possiamo trovarci?»*
«Mi sembra un ottimo stratagemma per un invito a pranzo» rispose Angelo, strizzando maliziosamente l'occhio.
«Non c'è niente da scherzare» sibilò la ragazza. *«Aspettami davanti al Palazzo della Provincia: io arrivo tra pochi minuti».*
Prese quindi i libri dal tavolo e si incamminò per riporli su uno scaffale non molto lontano.
Angelo la guardò per un momento perplesso e convintosi che quell'ordine era da eseguire alla lettera, si incamminò pensieroso verso l'uscita.
Appena fuori, si accese una sigaretta e iniziò a riflettere: quel pezzo di carta qualcosa doveva pur valere, se aveva provocato una reazione così strana nella bibliotecaria; sicuramente non era una pretesto per un appuntamento come lui aveva sperato.
Un po' confuso dalla piega che avevano preso gli eventi, si diresse verso il Palazzo della Provincia, osservando una scolaresca che si stava incamminando verso il Duomo sotto lo sguardo vigile di una maestra, alle prese con i soliti indisciplinati che non volevano saperne di mettersi in fila.
Dopo appena cinque minuti la vide arrivare in bicicletta con un'andatura sostenuta. Lui, seduto su una panchina, alzò la mano per farsi notare.

Appoggiata velocemente la bicicletta, la ragazza prese posto al suo fianco; lo guardò negli occhi con espressione seria e gli disse in tono concitato: *«Dimmi la verità! Dove hai trovato quel foglio?»*

«Te l'ho già detto! Era dentro una fotocopiatrice!»

«E chi può averlo messo?" riprese lei, con espressione dubbiosa.

«La macchina in questione è quella che usiamo per le fotocopie al pubblico. Questa fotocopiatrice ha un cassetto fittizio per il fronte-retro, il difetto sta nel fatto che ogni tanto si mangia delle copie e il cliente si ritrova con una copia in meno. Facendo copie al pubblico ti capita raramente di farne tante dello stesso originale; quindi, se la copia non esce la rifai. Probabilmente, anzi sicuramente, un cliente è venuto a farsi una fotocopia e la segretaria, visto che non era uscita la prima volta, ne ha fatto un'altra. Quella che ti ho mostrato è rimasta all'interno del cassetto finché io non l'ho trovata quando ho ripulito la macchina, dal momento che avrebbe trovato un acquirente...»

La bibliotecaria ancora diffidente insistette: *«Ma spiegami questo, tu perché mai l'hai conservata e l'hai portata a me?»*

«Perché sapevo che con quel pezzo di carta mi avresti dato questo appuntamento...», sorrise Angelo, sicuro che anche questa volta non avrebbe capito la battuta.

Visto il suo volto contrariato, corse ai ripari *«Cavolo! Ho pensato che con queste scritte in latino, quei numeri sequenziali e quei disegni, tu di sicuro potevi capirci più di me...»*. Per un lungo istante nessuno dei due parlò. Alla fine, la ragazza trasse un sospiro e avvicinandosi gli disse. *«Guarda!»* aprì la sua borsa ed estrasse un foglio piegato. *«È*

identico al tuo. Si tratta di alcuni appunti di un ricercatore riguardo al mistero di una reliquia antica; ne avevo sentito parlare a scuola dal mio professore di storia, il quale era fermamente convinto che da queste parti fosse rimasta nascosta la reliquia più preziosa di un tesoro, custodita dai Cavalieri Giovanniti dopo la disgregazione dell'ordine dei Templari.
Nel 1312 con lo scioglimento dell'Ordine del Tempio con una bolla papale, vi fu il passaggio delle proprietà ai Cavalieri di San Giovanni detti anche Ospitalieri o Giovanniti o di Malta. Nessuno ci aveva mai creduto, anche perché tutte le indicazioni scritte erano andate perdute».
«Sembrano perfettamente identiche» continuò Patrizia confrontando le due fotocopie.
Angelo osservò con attenzione quei pezzi di carta *«Questa fotocopia è la stessa che ti ho portato io! È possibile che il professore sia venuto a Mestre a fare la fotocopia?»*
«Come può essere?» replicò ancora basita la bibliotecaria.
«Guarda», gli fece notare Angelo, *«Vedi questo puntino sulla carta? Poi viene ripetuto qui. Se guardi la copia che ti ho dato, presenta esattamente gli stessi puntini nello stesso angolo. Questi puntini sono un difetto del tamburo di quella macchina. Infatti, quando l'ho revisionata, ho dovuto sostituirlo proprio per questo difetto!»*
Rimasero in silenzio per alcuni istanti, poi Angelo riprese: *«Ma come fai ed essere così sicura che questo pezzo di carta sia così importante?»* Lei non rispose subito, si mordeva le labbra indecisa se raccontare quello che sapeva ad un estraneo, poi si fece coraggio: *«Si tratta di una serie di appunti, scritti da un monaco benedettino, copiati dal libro*

che parlava della reliquia prima che venisse distrutto. Girava anche una diceria, secondo cui lo stesso monaco avrebbe venduto questi appunti per duecento ducati veneziani a una setta con tradizioni poco cristiane e che poi, per rimorso, si sia suicidato».

Angelo la guardò esterrefatto perché era preparata e sicura sull'argomento e, per assicurarsi che non stesse costruendo una storia a suo piacimento, replicò: «*Perdonami, ma se il libro è stato bruciato, gli appunti venduti...come si può essere sicuri che questi siano gli appunti del monaco?*»

«*Guarda!*» ,gli disse Patrizia indicando quel foglio da cui non aveva mai distolto lo sguardo dacché lo aveva aperto. «*Il disegno della chiave e la scritta "sinistro latere occultata clavis": ricordo molto bene quel passaggio perché il professore di storia mi aveva coinvolto nelle sue ricerche e lui stesso aveva cercato per anni una qualche prova. Era sicuro che il ritrovamento della reliquia poteva essere una scoperta rivoluzionaria per la religione cristiana stessa. Poi improvvisamente, non so per quale motivo, aveva lasciato perdere. Anzi, mi suggerì di dimenticare tutto perché erano solo dicerie popolari*».

A quel punto, alzò la testa e incrociò lo sguardo di Angelo, che la ascoltava attonito, quando improvvisamente gli tornò in mente un particolare che la segretaria gli aveva riferito e pensando ad alta voce bisbigliò: «*Potrebbe essere davvero il tuo professore!*»

«*Cosa stai dicendo*?» domandò la giovane.

Angelo si riscosse e proseguì fissandola negli occhi. «*La nostra segretaria che ha un'ottima memoria, mi ha descritto l'uomo che aveva chiesto di poter fotocopiare questo foglio:*

sulla sessantina, leggermente sovrappeso, con i capelli brizzolati e lunghi. Lo ha definito come un bell'uomo distinto, che guidava un'Alfa 75 rossa.»
Patrizia, che era tornata a fissare quel pezzo di carta, alzò il capo sorpresa.
«*Dalla descrizione sembra proprio lui, il mio ex prof di Storia, Bartolomeo!»*
«*Allora lo puoi contattare!»* ribatté Angelo, anche per distrarla da quel pezzo di carta.
«*Non lo so...È da un po' che non lo vedo e non lo sento. Al tempo diceva di frequentare spesso la biblioteca comunale, ma da quando io sono lì non l'ho mai visto. Forse è stato trasferito in un'altra regione. Farò delle ricerche e poi ti aggiorno».*
«Bene! Allora aspetto una tua telefonata?»
A questo punto Patrizia replicò: «*Ti chiamo io, ho il tuo numero scritto sull'etichetta della fotocopiatrice».*
«Perfetto! Chiama in ditta con la scusa di una rottura della macchina. Io però, non sono sempre lì: prova nel pomeriggio, dopo le 17.00, è più probabile che mi trovi!»
«D'accordo! Ciao!»
Si salutarono frettolosamente, ognuno immerso nei propri pensieri, lei, ripresa la bicicletta, proseguì lungo Riviera Santa Margherita. Lui, invece, si diresse verso il furgoncino parcheggiato in Piazza Vittoria.

9

Preganziol, Venerdì 4 Settembre 1987

La serata era iniziata bene, la televisione proponeva il solito talk show del venerdì sera, gli incontri di calcio infrasettimanali si erano già svolti e ci si preparava alle varie sfide di campionato della domenica.
La conversazione sul tema calcistico durava comunque poco: Angelo e Silvano non erano tifosi sfegatati e di calcio non ne parlavano quasi mai, a differenza del Bobe che, tifoso della Juventus, era comunque un conoscitore dello sport a 360 gradi.
Il Bobe amava il calcio *in primis*. Ricordava risultati, partite e persino aneddoti dei vari giocatori, dagli inizi del Novecento fino ai giorni nostri. Grande estimatore del "bel gioco", non risparmiava rimproveri neanche alla sua squadra, se aveva giocato male.

«Guardate!» disse, indicando lo schermo della televisione, *«quello è Carlo Parola, giocatore della Juventus e della Nazionale negli anni '50.»*
«Ma è l'immagine del retro delle figurine Panini!» intervenne Silvano.
«Esatto! Immortalato dal fotografo Corrado Bianchi nel corso di Fiorentina-Juventus del 15 gennaio 1950. È stato catturato il momento in cui sembra che stia facendo una rovesciata per tirare in porta, in realtà essendo lui un difensore, stava "spazzando via" il pallone dalla sua area...»
«Mitico! Le sai tutte!» e con una pacca sulla spalla, Silvano gli passò il mazzo di carte da mescolare.
Il più delle volte il Bobe esordiva nei suoi discorsi con: *«Me ricordo un anno...»* e da lì partiva un aneddoto, una storia di famiglia o un racconto goliardico di gioventù.
Quella sera narrò questo:
«Me ricordo un anno...era inverno e come al solito ci si trovava a far filò nella grande stalla in "Casavecia"[11]*. L'argomento principale da alcuni giorni erano gli strani rumori simili a passi che si udivano di notte, di sopra, nel granaio. Rumori inquietanti che, puntuali tutte le sere, disturbavano il sonno degli abitanti della casa. Inutile dire che le donne erano spaventate, pensavano a qualche anima tormentata che vagava senza pace e per aiutarla, pregavano con fervore e umiltà.*
Un giorno, finalmente gli uomini erano saliti ma non avevano trovato niente di strano a parte una distesa di pannocchie. Preoccupati anche loro, decisero di rivolgersi al prete perché

---

[11] filò era il ritrovo serale dei contadini in "Casa vecchia"

pensavano fosse veramente un'anima dannata che vagava per la casa.
Don Domenico dopo aver ascoltato il racconto, aveva deciso di controllare di persona. Giunse al tramonto portando con sé acqua santa, crocifisso e un libretto. Cenò con la numerosa famiglia e alla fine recitarono insieme il rosario. Ed ecco il rumore....
Crocifisso alla mano destra e acqua santa in quella sinistra, il parroco si fece coraggio e con gli uomini più anziani salì la rampa di scale per raggiungere il granaio. Sostò un istante davanti alla porta sprangata e con voce stentorea recitò una preghiera: "Anima impura esci da questa casa e trova ospizio altrove!"
Una volta aperta la porta, avevano scoperto che l'anima in questione non era altri che un grosso topo, che faceva rotolare una pannocchia alla volta sugli scalini di legno. Impaurito più di loro, era subito sparito in un buco vicino alla porta».
La sonora risata di Silvano, mentre gli altri svuotavano i bicchieri, anticipò una rimescolata alle carte e si poteva dare inizio a un'altra partita.
«Ma vi ho mai raccontato quella del veterinario?» riprese il Bobe.
Viste le facce stranite, riprese il racconto.
«Erano gli anni Quaranta e a Preganziol c'era un dottore, tale Fiorin Baldan, e un veterinario, detto Bepi Tramai, all'anagrafe Giuseppe Tramarin.
In osteria, girava voce che il dottore parlasse male del veterinario dicendo: "Io sono bravo, ho passione e costanza

nel curare la gente, altro che il Tramai con quelle povere bestie!"

Arrivata la maldicenza all'orecchio del veterinario, questi pensò bene di vendicarsi. Andò dal dottore e arrivato il suo turno si sedette sulla sedia di fronte.

Non proferì una parola: lo guardava fisso senza batter ciglio.

"Dime Bepi! Cossa ghe xe?[12]" aveva chiesto il Baldan.

E Bepi muto.

"Parla! Gatu perso a paroea?"

"Situ bon de curar e persone se no e te dise cossa che e gà?" [13]aveva allora chiesto il veterinario, quasi gridando.

"A zente che vien quà a te dise go questo, go queo...e bestie non e parla! Gò da capir mi cossa che e gà, se non a magna o se a xe sòta..."[14]

"Sì, ma e persone xe più importanti!" aveva replicato il dottore.

"Te fasso un esempio: te conossi el Neno Caegaro? El gà na vaca. che se a ghe more, el xe finio. Situ d'accordo co mi?"[15]

Te gà rason Bepi! 'Ndemo a beva 'na ombra![16]»

E così, dottore e veterinario fecero pace e si rispettarono a vicenda.

---

[12] Dimmi Giuseppe! Cosa c'è?

[13] Sei capace di curare le persone se non ti dicono cos'hanno?

[14] La gente che viene da te ti dice cos'ha! Mentre gli animali non parlano, devo capire io cos'hanno, perché non mangiano o perché sono zoppe!

[15]Ti faccio un esempio, conosci Nazzareno Callegaro? Ha una mucca e se gli muore non ha più il latte da bere! Sei d'accordo con me?

[16] Hai ragione! Andiamo a bere un bicchiere di vino!

Il Bobe quella sera era in vena e proseguì dicendo: «*Satu cossa disea me pare? Quaeo xeo il paradiso?* [17]*Fredo fora, un stramasso de scartossi sotto el cueo, na colsara de pena parsòra, na pansa piena, e na femena in parte che dorme.*»
«*Pura poesia!*» commentò Armando, e spiegò la citazione al compagno di gioco: il paradiso è fatto così: "freddo fuori, un bel materasso sotto il sedere, una trapunta di piuma sopra una pancia piena e una donna che dorme al tuo fianco".
«*Effettivamente è il succo della vita: una casa, qualcosa da mangiare e un legame affettivo!*» concordò Angelo.
L'osservazione non sfuggì all'attenzione dei suoi amici, che erano tutti sposati, soltanto lui era ancora scapolo.
«*Allora, dopo questa perla di saggezza, ci fai ben sperare!*» lo punzecchiò Armando.
«*Effettivamente sembrerebbe che il nostro Angelo abbia la testa da qualche altra parte ultimamente!*» concordò maliziosamente Silvano, «*Gioca distratto e si infila in discorsi strani di pieno medioevo! Ci sta depistando?*»
«*Beh! Potrei anche decidermi, prima o poi, che ne dite? No xe mai troppo tardi par l'amor! Eh... Notte fioi!*[18]»
Si accese una sigaretta e si avviò verso casa.

[17] Sai cosa diceva mio padre? Qualè il Paradiso?

[18] Non è mai troppo tardi per l'amore! Buonanotte ragazzi!

10

Venezia, 13 Settembre 1455

La notte mostrava un quarto di luna e un cielo sgombro dalle nuvole, ottimo per godere di una visione abbastanza chiara nelle vicinanze.
Alvise e Angelo si trovavano su una "sampierota"[19]e remavano insieme nella laguna, in direzione dell'isola di San Giorgio in Alga: al centro della barca una cassa di legno con i rinforzi in ferro e una serratura a chiave.
Si erano fatti trasportare con la randa issata e la brezza notturna li aveva spinti fino in prossimità dell'isola.
Poi avevano tolto vela e albero, perché con i remi riuscivano a controllare meglio la barca.

---

19 E un'imbarcazione a fondo piatto in legno tipica della laguna veneta.

Sentivano soltanto il rumore dei loro remi e lo sciabordio dell'acqua che si scontrava con la prua della barca.
Stavano in silenzio, per udire tutti i rumori che potevano giungere dalle vicinanze, anche se non si scorgevano barche nei paraggi e questo dava loro una buona sicurezza di poter agire indisturbati.
Sapevano che l'isola non era disabitata, ma non dovevano attraccare dalla parte del Convento, bensì dalla parte opposta, dove la folta vegetazione poteva offrire un buon nascondiglio.
Alzarono un paio di rami di un fico quasi immersi nell'acqua della laguna e passando sotto, riuscirono a nascondere la barca per il tempo necessario che dovevano trascorrere sull'isola.
Non usarono torce, sarebbero state troppo vistose su un'isola così buia.
Alvise sotto il mantello teneva accesa una piccola lanterna, con tre dei quattro vetri laterali sostituiti da lamierini di ferro e con l'altra mano teneva una maniglia della cassa.
Avanzavano lentamente, sempre con le orecchie ben tese, in ascolto di rumori sospetti.
Angelo stringeva in mano il suo fidato stiletto, che già più di una volta lo aveva salvato. *«Ricordi a memoria il posto?»* lo interrogò Alvise con un filo di voce.
Angelo fece soltanto un cenno con la testa e proseguì il cammino verso la parete sud della chiesa. A circa due metri dall'angolo, si fece passare la lanterna da Alvise e cercò la tredicesima pietra del muro.
Una volta individuata, premette con forza e sentì un colpo sordo: dopo alcuni secondi di silenzio, si inginocchiò e spostò le foglie che si trovavano ai loro piedi.

A pochi centimetri dal piano di calpestio, alcune tavole nascoste costituivano una specie di porta, dalla quale si accedeva ad una scala che conduceva in una stanza sotterranea.
Estratta la lanterna dal mantello, Angelo puntò il fascio di luce verso la scalinata.
Scesero con circospezione, trasportando giù la cassa. Un lungo corridoio al termine della scalinata li condusse ad una porta chiusa con un lucchetto.
Angelo estrasse la chiave dalla tasca e aprì la porta. Entrati in una stanza cieca, che all'apparenza sembrava completamente vuota, posarono la cassa in un angolo e si diressero verso il lato opposto.
Tolti i due mattoni a quattro piedi dall'angolo, trovarono due corde: ad un unico comando, le tirarono insieme e una porzione del pavimento iniziò così a salire.
Terminata la corsa, legarono insieme le due corde: era comparsa ora ai loro occhi una cassa in legno di olivo che presentava delle macchie di umidità sul fondo.
«Ecco perché non era al sicuro! Presto mettiamola dentro all'altra!»
Fecero tutto molto velocemente: spostarono la cassa e allentarono le corde, il pavimento ritornò al suo posto.
Da ultimo, sistemarono i due mattoni del pavimento, uscirono in fretta dalla stanza e richiusero il lucchetto.
Erano arrivati agli ultimi gradini della scala quando sentirono dei rumori provenire dietro l'angolo del muro di cinta.
Angelo nascose la lanterna sotto il mantello e scrutò nell'oscurità cercando di scorgere qualcosa nel punto da cui provenivano i rumori.

Riuscì a intravvedere due sagome di uomini vestiti con un saio: due monaci, usciti dal monastero, si erano nascosti sul retro e trafficavano con le mani dentro una piccola sacca.
Era facile da intuire: erano usciti per bere di nascosto.
«Prima o poi ci scopriranno! Non voglio che ci frustino per questo peccato!» stava dicendo uno, mentre l'altro trangugiava avidamente da una piccola bottiglietta di vetro.
«Tieni qua e bevi..., hai paura anche della tua ombra! Stattene tranquillo: siamo al buio!»
«Facciamo presto», ribatté angosciato l'altro.
«Agapito, lo speziale, si accorgerà prima o poi che gli abbiamo preso buona parte della scorta di Acqua vitae!»
Svuotata in fretta la bottiglietta del suo contenuto, tornarono da dove erano sbucati.
Angelo e Alvise attesero per prudenza qualche minuto, dopodiché uscirono allo scoperto, caricarono la cassa sulla sanpierota e attesero il silenzio assoluto.
Bastò una leggera spinta e la piccola imbarcazione ripartì verso la terraferma.
Sembrava che il recupero fosse andato a buon fine, senza problemi di sorta, ma da una finestrella in alto del convento qualcuno aveva visto tutto.
Erano rimasti in silenzio fino a che la distanza dall'isola poteva essere considerata sicura: Alvise, quindi, sussurrò: *«Pensi che qualcuno ci abbia visto?»*
«Amico, sei stato contagiato dalla paura dal monaco fifone?» gli rispose con un largo sorriso Angelo.
«Mi hai insegnato tu che con l'aiuto di Dio non si deve temere nulla!»

L'amico annuì e, posato il remo, prese un fiasco all'interno della barca, tolse il tappo e lo passò al compagno: «*Tieni! Ce lo siamo meritato!*»

Alzò la testa per bere e osservò il cielo sgombro di nuvole e trapuntato di stelle: si distinguevano con precisione la cintura di Orione e la stella Polare, il Piccolo Carro e quel serpente che passava in mezzo, chiamato il Drago.

L'aria era frizzante ma non c'era alito di vento: quel momento segnava il cambio della marea e indicativamente dovevano essere le cinque di mattina.

Tra un paio d'ore avrebbe iniziato ad albeggiare: dovevano sbrigarsi per essere sulla terraferma prima del sorgere del sole.

11

Preganziol, Sabato 5 settembre 1987

Con il candelabro in mano e in tasca il filtro antidisturbo Angelo si avviò verso la chiesa, dal suo appartamento alla chiesa erano pochi passi.
Sapeva di trovare Armando prima della Messa vespertina e quindi si avviò verso il retro della chiesa, per entrare dalla porta della sacrestia.
La giornata si avviava al tramonto e tutto sommato non era stata troppo pesante per Angelo. Per finire la sigaretta si era perso ad osservare il passaggio a livello chiuso.
Si ritrovò, come spesso accadeva, a ricordare la sua infanzia, vissuta con i suoi genitori nella casa che si trovava dall'altra parte del passaggio a livello.
Ricordò il tempo trascorso in attesa che transitasse il treno, o i treni, aspettando che aprissero le sbarre per poter andare a scuola, o in piazza, o in chiesa.

Era un posto dove, comunque, nell'attesa si chiacchierava, con l'amico in bicicletta, con il passeggero che scendeva e chiedeva informazioni o con l'autista che in estate scendeva dall'autobus, per ripararsi all'ombra degli alberi del viale.
Vide avvicinarsi il treno, il "locale" delle 18:45, un vecchio elettrotreno, Ale 840, color castano Isabella.
La passione per i treni Angelo l'aveva coltivata fin da bambino grazie a suo padre, ferroviere. Così gli tornavano ora in mente tutti i viaggi con quel mezzo, assieme alla famiglia quando si andava a trovare i nonni a Pordenone.
Ricordava l'odore che diffondevano quelle carrozze, dalle poltrone di velluto verde impregnate dal fumo di sigaretta anche nelle zone per non fumatori.
Quell'ora di viaggio, con il naso appiccicato al finestrino, ogni volta gli permetteva di scoprire qualcosa di nuovo nel panorama che offriva la pianura trevigiana e il basso Livenza.
Distolto dai ricordi, spense la sigaretta e spinse con forza il portone della sacrestia, ben sapendo che avrebbe grattato sul pavimento e che avrebbe opposto una certa resistenza.
Non appena entrò, gli si aprì un altro album di ricordi: da bambino lui serviva durante la Messa come chierichetto, ed era lì in sacrestia che aspettava che la celebrazione iniziasse.
Il luogo era rimasto sempre uguale nel tempo: un paio di quadri del Cristo, una cassettiera molto profonda che conteneva le stole e tutti i paramenti di vari colori per le funzioni o in base al periodo dell'anno liturgico.
Sul lato sud campeggiava un grande armadio, con una larga pedana sottostante. Al centro del mobile una porticina custodiva all'interno un piccolo vano, con i calici e le pissidi;

ai lati vi erano conservati degli ostensori e alcuni reliquiari, che venivano esposti nelle varie ricorrenze dei santi.
L'unico oggetto "moderno" si trovava nell'angolo sopra un mobiletto: l'amplificatore per i microfoni, sovrastato da un armadio a muro con l'orologio per la gestione delle campane.
Angelo ricordava che, una volta indossata la veste, attendeva l'inizio della Messa e nel frattempo si intratteneva con Armando, il gigante buono, sempre sorridente e sempre con la battuta pronta.
Il sacrestano veterano non aveva paura di nessuno, nemmeno dell'arciprete, che era ben più anziano di lui e incuteva timore e rispetto a tutti.
I muri intrisi del profumo di incenso gli fecero volgere lo sguardo nel punto dove era riposto il turibolo. Portare il turibolo era il compito più ambito per un chierichetto esperto.
Sentì dei rumori nella stanza attigua alla sacrestia, dove si trovava lo spogliatoio per i chierichetti.
«Sicuramente Armando è lì, intento a trafficare con candele o altro», disse tra sé.
Lo trovò infatti all'interno della stanza, indaffarato a lucidare con il "Sidol" un paio di candelieri dell'altare maggiore.
«Oh...un capolavoro! Come al solito!» lo accolse con un sorriso di soddisfazione, alzando lo sguardo dal candeliere e pulendosi le mani con uno straccio.
«Almeno attacca la spina e accendi l'interruttore!» ribatté Angelo.
«A parte che sono sicuro che tutto funzioni alla perfezione, ma stavo guardando questo ottone come luccica! Che gli hai fatto?»

Angelo gli spiegò: *«Ho trovato nel negozio "Centro del Colore", quello nuovo che hanno aperto dietro Piazza Gabbin, un prodotto spray chiamato Rinoxid: una volta spruzzato sul metallo lucidato, crea uno strato protettivo che impedisce l'ossidazione dei metalli, come bronzo, rame, ottone e anche l'argento.»*

«Interessante! Potrei finire una volta per tutte di strofinare con questa porcheria! Bisogna che vada a fare un salto in quel negozio.» rispose compiaciuto Armando.

«Ti ho portato anche il filtro per togliere il ronzio dall'amplificatore Tu fai pure con comodo, io vado a montarlo!» aggiunse Angelo iniziando il lavoro.

Trafficò tra le prese di alimentazione e la messa a terra dell'impianto per collegare il filtro autocostruito, ricavato da componenti recuperati dalle fotocopiatrici. Gli dispiaceva buttare tutto ciò che, rimosso da macchine troppo vecchie o non riparabili, poteva essere ancora riutilizzato. Infatti, aveva già riempito gran parte del magazzino dell'appartamento con materiale di recupero. Tuttavia, quando gli serviva un pezzo, tra vecchie scatole di scarpe e cassette di plastica, ricordava precisamente dove lo aveva riposto.

Finito di collegare i fili, si rivolse a Armando che era arrivato per controllare il suo operato: *«Bene, adesso non ci resta che attendere il suono delle campane e verificare che non esca più quel fastidioso ronzio.»*

«Ascolta, Angelo,» disse il sacrestano *«visto che abbiamo un po' di tempo, che ne dici se ti faccio fare un giro turistico in questa chiesa?»*

«Certo!» gli rispose Angelo, *«Ben volentieri!»*

Armando ripose il candelabro nell'armadio, uscirono dalla porta della sacrestia e si fermarono di fronte al primo altare a sinistra della navata.

«*Vedi questo? Cristo crocifisso. Gli angeli che vedi sulla sinistra sono stati dipinti da un pittore locale circa settant'anni fa, mentre la pala ha duecento anni.*»

Continuò camminando verso le porte laterali «*Il quadro di Caino e Abele è originale, mentre quella Madre con il Bambino*», indicò il quadro con la stessa cornice dalla parte opposta della navata, «*quello è stata messo là dopo che avevano restaurato il quadro dello stesso autore di Caino e Abele. Era una raffigurazione di Maria Maddalena. Un quadro bellissimo! Quella donna aveva un viso stupendo, con lineamenti perfetti, capelli biondo-rossi e occhi verdi. Purtroppo, aveva il seno troppo in vista e per il clero non poteva essere esposta in una chiesa; quindi, è stata rimpiazzata con quella Madonna con Bambino che non ci sta per niente, anche perché, come vedi, la tela è stata ritoccata, poiché aveva una cornice rotonda, non quadrata!*»

«*Sai per caso, dove si trova quella Maddalena?*» chiese Angelo in preda ad una irrefrenabile curiosità.

«*Penso sia nell'Archivio dei Beni Culturali del Seminario Vescovile: è da lì che hanno ripescato il quadro che vedi.*»

Proseguirono verso il fondo della chiesa. «*Questa invece è la pala di San Francesco, tutta originale del 1500, scuola del Tintoretto...*»

Attraversarono il fondo della chiesa e si fermarono di fronte alla statua della Madonna «*Ora guarda l'opera del Besarel da Forno di Zoldo! Pensa che l'ha scolpita con una protesi ad una mano perché si era segato tre dita con la sega circolare!*»

«*Come Tony Iommi!*» rispose Angelo. «*E chi sarebbe 'sto Tony?*» «*Come? Non lo conosci il chitarrista dei Black Sabbath: anche lui suona con una protesi, perché si tagliò due falangi della mano sinistra...*» «*Mai sentito!*» gli fu risposto con un'alzata di spalle.

«Oh no! Si è bruciata una stella della corona!» Il sacrestano con rammarico si era accorto di una lampadina spenta tra le stelle che ornavano l'aureola della statua. «*Sono lampadine da sei volt, ne dovrei avere in magazzino*»*,* rispose Angelo, continuando: «*Ma perché non sostituiamo quelle tristi lampadine da bicicletta con dei led gialli? Sarebbe molto più bella!*»

«Prossimo lavoro!» gli rispose con entusiasmo l'amico sacrista, che si prendeva molto a cuore le migliorie della chiesa.

Ormai Armando era entrato nella parte del Cicerone e sembrava che il giro non fosse ancora finito.

Superata la pala della Madonna con il Bambino, proseguì verso l'altare maggiore e, passando dietro al tabernacolo, si trovarono con il naso all'insù davanti al dipinto più grande della chiesa.

«Vedi questo? Questo è il dipinto che è stato più rimaneggiato di tutti. la chiesa in principio era dedicata a Santa Maria, la figura che vedi troneggiare in alto. Poi nel 1300 venne scelto come patrono paesano Sant'Urbano e quindi quel papa venne aggiunto sulla destra della pala, ma mio nonno paterno mi raccontava che prima del fatto del patrono, questi due personaggi sulla sinistra c'erano già. E vedi questo? Beh, un po' ti assomiglia, anche di nome. E poi c'è l'altro soldato più su, in secondo piano.»

Angelo osservava sconcertato il dipinto e, approfittando della pausa dell'amico, replicò: «*Anche il nome? Si chiama Angelo? Che strano quel mantello rosso: sembra dipinto da un bambino!*»
«*Effettivamente è una stonatura, sembra quasi aggiunto in un secondo momento o dipinto per coprire qualcosa sotto!*»
«*Tuo nonno non ti ha raccontato nulla a riguardo?*» Chiese Angelo sempre con il naso all'insù ad osservare il dipinto.
«*Lui è Angelo e l'altro Alvise. Non so se sono i loro veri nomi, ma mio nonno li chiamava così!*» rispose Armando, dirigendosi verso la sacrestia e facendo capire ad Angelo che da lì a poco sarebbe iniziata la Messa.
Stavano rientrando, quando le campane iniziarono a suonare: i due si posizionarono davanti ad una colonna di altoparlanti e Angelo vide lo sguardo soddisfatto del sacrestano: non si sentiva più il benché minimo ronzio.
«*Sembra che l'amplificatore sia spento.*» Così salì i tre gradini dell'altare e picchiettando sul microfono si sincerò che tutto fosse a posto.
«*Un capolavoro, come al solito!*» e diede una pacca sulla spalla ad Angelo.
Quest'ultimo stava per uscire quando disse tra sé e sé: «*Potrei rimanere per la Messa, così domani posso riposare un'ora di più.*»
Si sedette all'ultimo banco del lato sinistro della navata. Da lì osservava l'affresco della pala di San Francesco ripensando alle informazioni che gli aveva fornito Armando.
Iniziata la Messa, cercava di seguire leggendo il foglietto, ma sulla panca a fianco dell'altare aveva preso posto una famiglia con un bambino di circa quattro anni: era comunque composto

e non disturbava. Aveva con sé un quaderno e con un paio di matite disegnava qualcosa seduto davanti all'altare.

Angelo fu incuriosito dal Vangelo del giorno: "... *In verità io vi dico ancora: se due di voi sulla terra si metteranno d'accordo per chiedere qualunque cosa, il Padre mio che è nei cieli gliela concederà. Perché dove sono due o tre riuniti nel mio nome, lì sono io in mezzo a loro*".

La Messa la celebrava don Alessandro, un novello prete da poco consacrato: lo ascoltò volentieri anche perché sapeva che le sue omelie erano brevi e piene di significato.

«Un bellissimo Vangelo che ci riempie il cuore di gioia!» iniziò il celebrante.

«Ma il salmo non è da meno! Il salmo 26 si divide in due momenti distinti ma che riconducono ad un unico atteggiamento di profonda fiducia in Dio.

Nel primo momento ci rivolgiamo a Lui da una posizione di gioiosa distanza dalla prova: tutto è bello, facile, tutto è sicuro per chi ha nel Signore la sua luce e la sua salvezza.

Nel secondo momento tutto cambia. La prova ha attanagliato l'anima: "Abbi pietà di me, Signore! Rispondimi!"

È l'ora del buio, del deserto, il momento in cui Dio pare nascondere il suo volto: l'ora del Getsemani. Lì, seduto sotto un olivo, in preghiera, Gesù non rimette ogni cosa in discussione, non si lascia naufragare nello sconforto.

La preghiera si fa più tersa, fino a raggiungere il distacco della carità perfetta: "il tuo volto, Signore, io cerco".

L'omelia continuò con parole vibranti per altri dieci minuti ma ad un certo punto Angelo distolse lo sguardo dall'oratore e osservando la tela dell'altare vide che la raffigurazione sembrava rappresentare proprio il momento descritto da don

Alessandro. Poi i suoi pensieri gli ricordarono la fotocopia e chissà se magari in qualche modo fossero legati con quella chiesa.

Il cambio di tono di voce dell'orante lo riportò a seguire l'omelia. *«...Riuniti nel suo nome significa proprio questo: essere diventati come lui. Se insieme si diventa come lui tutti vedranno Gesù che ancora cammina nel mondo e il Padre concederà a chi è come figlio suo ogni bene.*

Penso che un dono maggiore di questo non possa esserci!

Sia lodato Gesù Cristo!»

Angelo ebbe la sensazione che quelle parole gli avessero dato una nuova energia e ringraziò in cuor suo quel prete.

Nel frattempo, il bambino, con una moneta in mano, aspettava impaziente l'arrivo del sacrestano: andava avanti e indietro sui gradini dell'altare mentre Angelo lo guardava con tenerezza.

Ad un certo punto il bambino sembrò accorgersi che fra due gradini c'era una sorta di fessura dove la malta, che teneva uniti i blocchi di marmo, si era sgretolata.

La reazione del piccolo fu spontanea e scontata: inserì la moneta, che cadde al di sotto con un rumore debole e sordo, che però non si udì all'istante, ma solo dopo una frazione di secondo, come se un foro penetrasse in profondità.

I genitori non si erano accorti di nulla: visto che il figlioletto si ritrovava a mani vuote la madre iniziò a cercare per terra.

Chinandosi verso il pavimento, Angelo simulò il gesto di raccoglierla, per poi porgere al bambino una moneta che teneva in tasca.

Finita la celebrazione, Angelo si intrattenne qualche minuto in chiesa: salutò la famigliola e strizzò l'occhio al bambino.

Osservando ora con attenzione quella fessura, gli balenò l'idea che, forse, sotto l'altare ci poteva essere uno spazio vuoto: "*sinistro latere occultata clavis*".
Gli tornò in mente la prima frase scritta sulla fotocopia.
Stava per uscire, quando don Alessandro, che a fine Messa si intratteneva sempre con i fedeli per un saluto prima di andarsi a cambiare, incrociò lo sguardo di Angelo: «*Io ti ho già visto! Forse in Seminario mentre armeggiavi con le fotocopiatrici! Sono molto fisionomista e mi ricordo di te!*»
«*Complimenti!*» Rispose Angelo lusingato, «*Ottima memoria! E complimenti anche per l'omelia!*»
«*Tutto merito Suo!*» sorrise il prete guardando in alto. E con un sorriso e una stretta di mano si avviò verso la sacrestia, dove Armando lo aspettava con l'impazienza di chi vuol chiudere la chiesa e tornarsene a casa.

12

Mestre, Lunedì 7 settembre 1987

La mattinata era stata piuttosto pesante: tutta una serie di complicazioni per alcune macchine vecchie che necessitavano di una manutenzione particolare.
Le Mita DC-2055 erano macchine innovative: potevano copiare oltre che in bianco e nero, anche con un colore: rosso, blu, verde o seppia e sopra il coperchio dello scanner, un editing permetteva di selezionare una porzione di testo o foto e stamparla in un colore mentre il resto rimaneva in nero. Il passaggio-carta era molto stretto e permetteva di limitare gli inceppamenti. Insomma, ne erano state vendute parecchie.
Avevano, comunque, un paio di difetti elettronici, come quello della scheda di alimentazione, che una volta guastata non permetteva più alla macchina di accendersi e quello dei fili corona, che scaricando a massa danneggiavano l'elevatore di tensione.

Angelo con le sue conoscenze elettroniche riusciva tranquillamente a riparare le schede, sostituendo alcuni componenti bruciati. Per questo motivo godeva di una certa fama nel settore, tanto che riceveva richieste da parte di altri rivenditori e lui offriva le schede riparate ad un prezzo di favore rispetto all'acquisto di una nuova.

Ora, erano le cinque di pomeriggio e stava, dopo aver finito una revisione, fumando una sigaretta davanti alla ditta.

Di fronte al negozio c'era una chiesa e alcuni ragazzi seduti davanti alla scalinata della facciata chiacchieravano allegramente.

Angelo stava ripensando con nostalgia alla chiesa del suo paese, che in gioventù veniva considerata spontaneamente come punto di incontro.

La domenica, alle tre del pomeriggio, c'era il "campo base", per decidere cosa fare in quelle ore di festa: un film al cinema, un ballo in discoteca, una passeggiata in qualche città…

Nel suo rimembrare venne distratto da Martina, che lo chiamò: «*C'è la bibliotecaria di Treviso che vuole conferire con te!*»

Gettò la sigaretta e si precipitò al telefono. «*Pronto? Ciao, dimmi!*»

La voce di Patrizia non era la solita: parlava piano e sembrava scossa: «*Non ho buone notizie! Il professore sembra sparito. Ho recuperato il numero del suo appartamento: è da due giorni che provo a chiamare ma suona sempre libero! Ho anche contattato il portinaio del palazzo dove abita e mi ha riferito che sono parecchi giorni che non si fa più vedere. Di solito avvisa sempre quando si deve assentare per più di qualche giorno, mentre adesso sembra sia sparito nel nulla!*»

«Va beh!» rispose Angelo, *«potrebbe essere andato a casa dei suoi. Mi sembra di ricordare che non fosse di qui».*
«Il problema è un altro», rispose la ragazza in tono agitato, *«L'usciere mi ha detto che il professore gli ha lasciato un messaggio proprio per me, se l'avessi cercato!»*
La cosa si faceva seria a quel punto, per cui Angelo si ritrovò a rispondere immediatamente: *«Senti, stai tranquilla. Io qui per oggi ho finito: sistemo un attimo il laboratorio e passo a prenderti!»*
Come unica risposta si sentì dire: *«Ok, ti aspetto davanti a "Ricordi", fai presto!»*
Si accorse che Martina lo stava fissando. Riposta la cornetta del telefono lo guardò e chiese preoccupata: *«Ci sono problemi con il cliente?»*
«Tranquilla!» le rispose, *«la bibliotecaria ha un problemino con un suo ex professore. Vado a risolvere la questione!»*
La segretaria lo guardò e gli strizzò l'occhio: *«Ho capito!»*
Angelo stava per giustificarsi, ma si sentì rispondere: *«Vai, vai! Ti copro io!»* gli disse sorridendo maliziosamente.
«Grazie tesoro! Domani mattina cornetti!» E restituì l'occhiolino.
A quell'ora arrivare a Treviso in tempi brevi era un po' difficile, ma fortunatamente quel giorno, il traffico delle cinque di pomeriggio gli aveva permesso di giungere in centro in soli quaranta minuti.
Aveva trovato parcheggio in un'area carico-scarico in Piazza Vittoria. Sceso, si era acceso una sigaretta e presa via Armando Diaz, si avvicinò a "Ricordi", il negozio di musica in via Corso, punto di riferimento per acquistare dischi, musicassette, spartiti e strumenti musicali.

Arrivando da quella via, c'era sul lato destro del negozio l'esposizione di materiale per chitarristi; Angelo stava dando un'occhiata alla vetrina che esponeva sempre chitarre nuove: era stato catturato da una Fender Stratocaster rossa con dei strani pick up bianchi che riportava la scritta EMG.

Osservando poi il resto della vetrina aveva notato il cartellone pubblicitario della nuova uscita discografica del Pink Floyd.

«Questo lo devo avere!» disse fra sé, stava già per entrare nel negozio, quando un colpetto sulla spalla lo riportò alla realtà. Patrizia lo prese sottobraccio e lo distolse dal proposito dell'acquisto, per portarlo verso la casa del professore.

«Buonasera! Sei ancora preoccupata?» non ricevette risposta e osservandola notò che aveva lo sguardo fisso a terra.

Diede l'ultimo tiro alla sigaretta e strattonò leggermente il braccio della ragazza per riportarla alla realtà.

«Scusami», rispose lei, *«ma prima risolverò questa cosa e meglio sarà: è una storia lunga, non l'ho mai raccontata a nessuno, ma di te mi posso fidare!»*

«Ti ringrazio per la tua fiducia!» risposte Angelo *«e visto che non so dove mi stai portando e non so quanto cammineremo, spero proprio che avrai il tempo di raccontarmi tutto».*

«Andiamo vicino all'ospedale vecchio San Leonardo: è lì che abita o, meglio, abitava. Sono stata un paio di volte nel suo appartamento, sempre per motivi di studio. Lui era un ricercatore storico e quando trovava un indizio, che lo poteva portare a qualche nuova scoperta, non mollava finché non otteneva la prova inconfutabile che dimostrava la sua tesi. Ai tempi della scuola era concentrato su una storia di un soldato Giovannita che aveva portato e nascosto da queste parti una reliquia di Cristo o, meglio, come diceva lui, di IC XC. Io,

comunque, ero l'unica che era interessata alle sue lezioni. Così, visto il mio interesse, il prof mi aveva coinvolto nelle ricerche, tanto che avevamo iniziato a vederci al di fuori dell'orario scolastico. Ovviamente, quei quattro deficienti di compagni di classe avevano subito sparso la voce che c'era qualcosa tra di noi. Ti posso giurare che è stato sempre molto professionale e serio: neppure un abbraccio, nemmeno quando riuscii a decifrare una frase in latino che sembrava non avesse senso. Era euforico quando raggiungeva un traguardo, tuttavia rimaneva sempre composto ed impeccabile...»

Angelo ascoltava in silenzio e con molta attenzione: pensava che se lui fosse stato la prima persona che sentiva queste confidenze, allora sarebbe valso la pena di memorizzarle una ad una.

«Così portavamo avanti le ricerche senza farci vedere da nessuno. Se aveva qualche richiesta mi scriveva una lettera oppure aggiungeva un foglio in mezzo al compito di storia, quando me lo riconsegnava. Mi teneva aggiornata sulla ricerca in corso, ma era possibile che nel frattempo scoprisse un altro mistero. Allora lasciava la prima indagine e si buttava a capofitto sulla seconda. Diceva che una pausa di riflessione durante una ricerca permetteva di riprenderla in seguito vedendola da un'altra prospettiva, il che gli consentiva di scoprire particolari che prima gli erano sfuggiti.»

«*Un bel "modus operandi"!*» concordò Angelo.

Infatti, era anche una tecnica sua. Quando la riparazione di una macchina non portava ai risultati sperati, una pausa per una sigaretta o, meglio ancora, una notte di buon sonno, gli permettevano molto spesso di raggiungere la soluzione del problema.

Patrizia continuava senza posa: *«Le ricerche su quel cavaliere furono comunque quelle che lo tennero occupato per la maggior parte del tempo, anche perché trovava indizi in più posti e non riusciva mai a collegarli. Alla fine, si era convinto che non poteva essere la stessa persona ad aver compiuto tutte quelle avventure, anche se tutto riconduceva a lui.»*

Riprese fiato e alzando la testa gli rivolse un sorriso: «*Scusa se ti ho coinvolto in questa storia, ma da sola non sarei mai stata capace di proseguire le ricerche*».

Poi gli strinse il braccio con forza a mo' di ringraziamento per la sua presenza.

«Beh», sdrammatizzò lui, «*in fondo è stata colpa mia se ti ho portato la fotocopia!*»

Smisero di camminare e si guardarono negli occhi «*Grazie!*» disse Patrizia con la voce sommessa e abbassò subito lo sguardo, perché stava arrossendo.

«Manca molto alla casa del professore?» chiese Angelo per toglierla dall'imbarazzo.

«*Saranno cento metri oltre la chiesa di Santa Rita*».

Svoltarono a destra, restando nel sottoportico e osservarono le impalcature davanti alla piccola chiesa posta in una piazzetta altrettanto piccola.

«Ma che tipo è il professore? Aspetta! fammi indovinare... Se era un ricercatore, era uno preciso preciso. Se ti avesse interrogato avrebbe voluto la risposta esatta senza tanti fronzoli o giri di parole. Però se la sapevi, e ci inserivi qualcosa di tuo, allora te lo eri conquistato e pure lui ci aggiungeva qualcosa».

«Sembra che tu lo abbia conosciuto!» rispose con meraviglia Patrizia.
«No... Me lo sono soltanto immaginato e, da come lo avevi descritto, mi sono fatto questa idea».
«Bravo! Azzeccato in pieno! Comunque, nei giorni in cui era in fermento di scoperta, potevi chiedergli quello che volevi in classe e ti lasciava fare di tutto! Io ero la sola al corrente di ogni dettaglio, su come e cosa avesse scoperto... Ecco siamo arrivati!»
Indicò un palazzo di inizio secolo, ormai fatiscente, di quattro piani. Aveva un'entrata con un grosso portone di legno sprangato, ma con una porta più piccola sul lato destro, aperta. All'interno del cortile del palazzo lo stile trasandato dell'esterno cedeva il posto ad un grazioso chiostro con al centro un vecchio pozzo.
Un paio di panchine e alcune piante ornamentali di sempreverde offrivano una piacevole vista a chi si affacciava dalle finestre dei vari appartamenti che lo circondavano.
«Vedi? Qui mi sedevo con il professore quando mi aggiornava sugli ultimi sviluppi delle sue ricerche», disse Patrizia, indicando la prima panchina alla destra del pozzo. Al centro del cortile c'era un'altra porta di ingresso, porta che dava probabilmente all'appartamento del custode, che si trovava sulla destra.
Patrizia, in preda ad una certa ansia, si diresse proprio verso quella direzione e suonò il campanello, portandosi poi la mano alla bocca per mordicchiare un'unghia.
Si aprì la porta e comparve un uomo sulla sessantina, con una pronunciata stempiatura sulla fronte e un paio di occhiali dalla montatura stile Ray-ban.

Sorrise dicendo: «*Buonasera signorina Patrizia, le prendo subito la lettera che il professore mi ha lasciato per lei!*»
Si diresse verso una stanza attigua con passo claudicante.
«*Oreste, si chiama Oreste ed è una persona gentilissima!*» mi spiegò Patrizia.
Il custode ritornò con una busta tipo commerciale, ben chiusa, e gliela porse: «*Se n'è andato cinque giorni fa e mi ha lasciato soltanto questo incarico: mi ha detto che forse si sarebbe trasferito in Umbria, vicino alla casa dei suoi genitori. Comunque, penso che dovrà passare a prendersi il resto della sua roba... Boh, era un po' strano!*»
Lo squillo di un telefono lo interruppe. Patrizia allora lo salutò e ringraziò, per avviarsi verso la panchina che aveva indicato ad Angelo poco prima.
Lui la seguì in silenzio e si sedette al suo fianco, in attesa che aprisse la busta. Fece un sospiro e con mani tremanti strappò un lembo dell'involucro, lacerandolo.
Estrasse una lettera scritta a mano, era evidente che il mittente aveva scritto con foga: il solco della scrittura si vedeva distintamente sul retro del foglio.
In quella specie di chiostro erano da soli e il rumore della città era al di là del portone.
Patrizia una volta aperta la lettera, iniziò a leggerla ad alta voce.

"Cara Patrizia, scusa se chiedo ancora una volta il tuo aiuto, ma dopo essere arrivato ad un punto morto delle mie ricerche mi dispiaceva lasciar perdere tutto. Ho ricevuto una proposta interessante: una cattedra in un liceo vicino a casa dei miei, congiunta ad una ricerca storica sovvenzionata

dai beni ambientali di Perugia. Capisci che un'occasione così non potevo lasciarmela scappare. Mi dispiace anche interrompere le ricerche della reliquia templare che ormai ti avevo descritto in tutti i suoi particolari e relative problematiche. Ultimamente le mie indagini non hanno portato a nulla di nuovo, quindi, come sono solito fare, interrompo per un po', per concedermi una pausa di riposo e mettere al loro posto le idee.
Ti avevo lasciato una fotocopia che riportava i punti principali della ricerca, se magari riesci a darci un'occhiata e, magari scoprire qualcosa di nuovo grazie al tuo intuito. Ti chiedo anche un altro favore: se puoi, porta avanti tu le ricerche in merito. Ti lascio campo libero perché adesso ho un altro obiettivo e non vorrei che le investigazioni non terminate mi disturbassero la mente.
Ti ringrazio per tutta la pazienza che hai avuto nel sopportarmi e.... in bocca al lupo!
Bartolomeo."

«*Ma non mi ha lasciato né un indirizzo, né un numero di telefono! E io come faccio a rintracciarlo?*» sbottò Patrizia.
«*Beh! Praticamente ti ha chiesto di non disturbarlo. Sembrerebbe totalmente coinvolto nel nuovo incarico e nella nuova ricerca!*»
«*Campo libero... E adesso arrangiati... Che stronzo!*»
Era visibilmente scocciata e quasi arrabbiata per il comportamento del professore.
«*Io non sarò al livello del professore, ma una mano, per quel che posso e riesco, te la do volentieri.*»
«*Una mano? Sarai il mio socio in affari! Visto come ti sei appassionato, mi sembra il minimo.*

E poi, come hai sentito, abbiamo campo libero! ...Che stronzo!»

Angelo non l'aveva mai sentita imprecare prima di allora, ma ciò la rendeva più simpatica, più normale, in quella veste di ricercatrice abbandonata. Inoltre, lo sguardo gli era scivolato sulla scollatura della camicetta sbottonata che lasciava intravedere il seno generoso sorretto da un reggiseno di pizzo bianco.

Distolse lo sguardo e la mente da un pensiero istintivo e chiese: «*Come possiamo muoverci, adesso?*»

Patrizia frugò nella borsa ed estrasse la fotocopia dicendo: «*Iniziamo da questi indizi: numeri, date, frasi.*

"sinistro latere occultata clavis" vuol dire: sul lato sinistro, chiave nascosta; "26 - 8": sembrano numeri di una combinazione, o di passi in una certa direzione.

"Non in viribus usquam": "non più in forze", ma non saprei a cosa si riferisca. "10 9 1451": questa è una data! Almeno questa è sicura! Possediamo tutti e due una fotocopia, iniziamo da questa! Qualsiasi supposizione potrà essere utile!»

«Io avrei già iniziato», rispose a bassa voce Angelo.

E visto che Patrizia lo guardava stranita, spiegò: *«"Una sera della settimana scorsa, mentre giocavo a scopa con gli amici, e visto che uno è il sacrestano della chiesa e un altro è veterano del paese, sono venuto a conoscenza di una storia riguardo la presenza di un monastero benedettino e di una cassa contenente un diario del 1400 scritto da un soldato giovannita.»*

Prima che lei lo interrompesse, chiarì dicendo: «*Tranquilla, non ho minimamente accennato alla fotocopia. Ho*

giustificato il motivo della mia curiosità dicendo che avevo letto un articolo su una rivista di storia locale.»
«Bravo! Ti sei dato subito da fare! Questo è lo spirito giusto! Non so se potessi avere un miglior compagno di ricerche!»
«Effettivamente questa storia inizia ad essere molto intrigante!» disse Angelo.
E lei gli confidò: *«Anch'io ho tradotto le frasi dal latino e cercato una possibile connessione con qualche testo conosciuto, ma non ho trovato nulla. Allora mi sono concentrata sui simboli della chiave e dell'uccello raffigurato nella miniatura, che sembra essere un pavone... Da qui sto cercando qualche legame con i simboli della cristianità.»*
«Bene! Allora procediamo e poi ci sentiamo appena abbiamo novità!»
Si alzarono dalla panchina e ritornarono verso la riviera di Santa Margherita, dove abitava Patrizia.
Sembrava essersi rasserenata dopo la lunga chiacchierata. Ad Angelo un po' dispiaceva che non si appoggiasse più a lui tenendolo sottobraccio, ma andava bene così. Poterla aiutare ed esserle vicino in qualche modo, per adesso gli bastava.
Arrivati al portone di casa, Patrizia manifestò nuovamente riconoscenza: *«Grazie mille! Allora appena qualcuno scopre qualcosa...ci si sente!»*
Gli toccò la spalla in segno di saluto e prese la chiave da inserire nella toppa.
«La chiave! L'hai già trovata? Fai passi da gigante!»
E con una sonora risata si lasciarono.
Angelo guardò l'orologio al polso, un Casio W46 50M, e vide che erano le 18:45.

Alzò la testa, si accese una sigaretta e si diresse verso il negozio “Ricordi”, mormorando tra sé: «Stasera ascoltiamo il ritorno dei Pink Floyd!»

13

Treviso, Martedì 8 Settembre 1987

Sapeva che Mauro, il bibliotecario, la mattinata di martedì era di riposo e, se avesse voluto parlare con Patrizia in tranquillità, quello sarebbe stato l'unico momento che aveva a disposizione.
Svolgendo delle ricerche erano emersi dei punti poco chiari e l'unica persona in grado di fornire delle spiegazioni era proprio quella bibliotecaria alle prime armi. Non vi era alcun dubbio che fosse molto preparata, era laureata e di sicuro molto appassionata di storia e il suo professore l'aveva coinvolta in ricerche decisamente impegnative. Chissà, continuò a pensare tra sé e sé, se aveva rinunciato alle distrazioni tipiche dei suoi coetanei quali, discoteche, cinema e bar a favore dello studio.
Cavolo! imprecò quando realizzò che sempre più spesso pensava a lei, del resto però, il suo sguardo e il sorriso lo

avevano colpito appena conosciuta e ora si ritrovava a immaginare come avesse trascorso gli anni degli studi.
Sceso dal furgone allungò la mano per prendere il pacchetto di sigarette ma poi la ritrasse resosi conto che sarebbe stata una sigaretta per placare il suo nervosismo e ciò lo infastidì ulteriormente. Prese la sua inseparabile valigia degli attrezzi e si avviò verso la parrocchia di Sant'Agnese a Treviso per eseguire l'ultimo intervento della mattinata. Aveva calcolato di impiegare poco più di mezz'ora per sistemare una fotostampatrice RG 3500, che inceppava i fogli in partenza carta.
Non aveva trovato parcheggio molto vicino, e si sforzò di ignorare gli ultimi pensieri che giravano in testa, percorrendo a passo sostenuto i trecento metri che lo separavano dalla casa canonica.
Suonò al citofono e dopo poco sentì la voce forte e profonda di don Emiliano: «*Sììì? Chi è?*»
«*Sia Lodato Gesù Cristo!*» salutò Angelo per sentirsi rispondere, come al solito: «*In eterno!*»
Richiuse il cancello che gli era stato aperto e percorse un breve tratto pedonale fino all'ingresso della canonica. Lo accolse un prete sulla sessantina, alto circa un metro e novanta, ormai stempiato, che gli sorrise.
«*Grazie di essere venuto così presto. Domenica abbiamo la festa del parroco emerito e dovrei stampare dei libretti, ma oggi 'sta macchina non ne vuole sapere di stampare più di tre fogli per volta...*»
«*Mi dia dieci minuti e la macchina tornerà a fare il suo onesto servizio!*», rispose il tecnico, inginocchiandosi dal lato della

presa carta e aprendo la valigetta, da cui estrasse il cacciavite a stella.
Rimosse le viti del carter dei rulli di presa carta, tolse i seger di plastica che trattenevano i cuscinetti unidirezionali e, una volta estratti, sostituì le parti in gomma, compreso lo smazzatore.
Operazioni fatte e rifatte più volte che erano ormai diventate automatiche, e così in meno di cinque minuti aveva regolato il tutto alla perfezione.
Nel frattempo, sentiva in sottofondo la canzone "il nostro caro angelo" di Battisti, ed era proprio il parroco che, sistemando alcuni registri dell'archivio, si divertiva a canticchiare.
Richiuse la valigia, gettò i pattini usurati nel cestino e bussò all'ufficio di don Emiliano: «*Tutto a posto, Don, può stampare senza problemi!*»
«*Angelo non solo di nome ma anche di fatto! Come cita il salmo 22, al versetto quattro: "Il tuo bastone e il tuo vincastro mi danno sicurezza!" Potrei dire che la tua valigia e la tua professionalità mi hanno salvato da un possibile incontro con un esorcista, visto che le mie preghiere non sono state sufficienti a far funzionare correttamente quella macchina*», concluse con un sorriso il sacerdote.
Salutato il prete, Angelo richiuse il cancelletto della canonica e si diresse verso la biblioteca.
Entrato, vide Patrizia sopra la scala a carrello intenta a rimettere a posto dei prestiti. Posò la valigia in un angolo e si diresse verso di lei, che non si era ancora accorta del suo arrivo.

«*Vedo che lavori a suon di musica... Ti serve anche questo, per caso?*», chiese, porgendo uno dei libri accatastati sul tavolo vicino ad una piccola radio.

La ragazza, assorta nel suo lavoro, si girò di scatto e con un sorriso replicò: «*Ah! sei tu! Grazie. Devo sistemarli proprio qui*». Riposti anche quei libri, scese dalla scala e, aggiustandosi i capelli raccolti e tenuti fermi da una matita, chiese: «*Allora hai scoperto qualcosa di nuovo?*»

Angelo fece un cenno affermativo con la testa, estrasse dalla tasca una fotocopia piegata in quattro e gliela porse.

Patrizia la prese, lesse velocemente quelle poche righe dattiloscritte e concentrò la sua attenzione sulla foto.

«*Non è molto nitida, ma a me sembra la stessa chiave che c'è nella fotocopia*», commentò Angelo.

«*Effettivamente sembra uguale... Dov'è stata trovata?*»

«*Sono stati fatti degli scavi per il rifacimento degli scarichi fognari delle case attorno alla chiesa medioevale di Tempio di Ormelle e sono stati rinvenuti, presso un lato della costruzione, cocci di vasellame, una fibbia di ferro e questa chiave*».

«*Tempio di Ormelle, terre templari!*» rispose Patrizia, pensando a voce alta e incamminandosi verso la sezione dei libri storici locali.

Angelo la seguì in silenzio, osservando il passo svelto e la figura graziosa della ragazza. Benché portasse una gonna lunga a quadri scozzesi, si intuivano le sue fattezze proporzionate e sinuose, sicuramente attraenti.

Lei si fermò davanti ad un armadio che conteneva libri di varia grandezza e spessore: ne estrasse uno che in copertina

riportava l'immagine di una chiesa romanica, dal titolo "Storie di Templari a Tempio di Ormelle".
Apertolo sopra un tavolo vicino, i due presero a sfogliare le pagine in cerca di qualche indizio utile.
Le foto a colori mostravano i vari affreschi ancora visibili all'interno della navata e sotto il porticato della piccola chiesetta.
Angelo fissò lo sguardo su un particolare e fece notare a Patrizia un affresco posto sul frontale. Esso rappresentava un Cristo crocifisso: al lato sinistro della croce compariva una figura femminile.
«Guarda, la figura della Maddalena...» bisbigliò, ripensando a quanto gli aveva raccontato il sacrestano pochi giorni prima a proposito di uno dei quadri della chiesa del suo paese.
«E nella foto precedente, sul lato sinistro c'è una frase che purtroppo non è completa e oltretutto sembra sia scritta in latino...»
«Dobbiamo riflettere sulla possibilità che ci sia un qualche collegamento fra questo luogo e il cavaliere Giovannita citato nella fotocopia. Si potrebbero fare due ricerche separate e poi confrontare i risultati in base a quello che abbiamo scoperto. Che ne pensi?» gli chiese Patrizia.
«Uhm, potrebbe essere un'idea!» concordò Angelo. *«Fammi copiare quel poco che si legge di quella scritta!»*
Prese la fotocopia della chiave e cercò una penna. Vide la matita tra i capelli della bibliotecaria e, mentre lei osservava la foto dell'affresco sotto il porticato, gliela sfilò facendole scendere i capelli sulle spalle.
Quasi imprecando Patrizia sollevò le braccia, cercando di sistemarsi la capigliatura.

Angelo rimase a bocca aperta: quei capelli ramati, con le loro variegate sfumature, sciolti sulle spalle, le conferivano un aspetto tutt'altro che austero. *«Stai benissimo con i capelli sciolti! Perché li tieni sempre raccolti?»* si ritrovò a dire cercando di recuperare una certa disinvoltura.

«Cerco di proteggerli da tutta la polvere che c'è qui dentro e dagli sguardi indiscreti dei tecnici delle fotocopiatrici!» ribatté seccamente Patrizia, anche se il complimento spontaneo l'aveva lusingata.

Angelo, arrossendo un po', cercò di rimediare: *«Chiedo umilmente scusa»*. Trasse un lungo respiro e continuò: *«Cosa ne dici di confrontare le nostre idee seduti ad un tavolo magari mangiando qualcosa? In fondo, con la pancia piena si ragiona meglio!»*

Raccogliendosi nuovamente i capelli con la matita a mo' di fermaglio, Patrizia continuava a guardarlo con aria di sfida. Ma l'occasione non si poteva perdere: in verità quel tecnico non era poi così male.

«Ok, Casanova! Ci vediamo giovedì sera e non farti trovare impreparato! Adesso, fai una fotocopia di questa foto, così ognuno cercherà di decifrare la scritta senza distrazioni e senza rubare matite dove capita!»

L'appellativo di Casanova non se lo era mai sentito dire: gli fece piacere, ma non ebbe più il coraggio di replicare con altre battute.

Prese il libro e si diresse verso la fotocopiatrice. Una volta fatte le due copie, una la ripose con cura all'interno della valigetta. Porgendo l'altra alla bibliotecaria gli disse: *«Allora ci si vede giovedì!»*

«Studia, Casanova e non distrarti!» si sentì rispondere.

Divertito, uscì dalla biblioteca e si accese una sigaretta.

14

San Zuan dal Tempio, 13 Settembre 1487

Uscito dalla Maison si incamminò verso il ponte sul fiume Lia, si appoggiò al parapetto ad osservare il lento scorrere delle acque sotto di lui.
Ascoltava i rumori provenienti dall'acqua e dalla natura circostante: riusciva a pregare meglio in quel contesto naturale che dentro alla piccola chiesa.
Distolse lo sguardo e con la testa china a terra osservava con attenzione i ciottoli del selciato dello stretto ponte, che conduceva da una parte al cimitero e dall'altra alla chiesetta.
Pensava a tutta quella gente che li aveva calpestati prima di entrare in quel luogo sacro, in attesa di una funzione o soltanto per una visita o una preghiera ad un caro defunto. Immaginava con quanti pensieri e preoccupazioni tutte quelle persone varcavano quella soglia, con quali speranze si accingevano a lodare Dio o a chiedere grazie, aiuti, implorando perdono oppure ringraziando per i doni ricevuti.

Ma potevano veramente uscire cambiati, fiduciosi che le loro richieste sarebbero state accolte?
Era ciò che si era sempre chiesto in cuor suo, quando vedeva i fedeli entrare ed uscire dalle chiese e concludeva la riflessione con la medesima invocazione: *«Signore esaudisci, se vuoi, le richieste di questi devoti...»*
Alzò la testa al richiamo di due merli, che lo distolsero da quelle riflessioni.
Scorse in lontananza, in fondo a quell'unica strada diritta che portava a quel luogo, un uomo che si avvicinava dopo esser sceso da cavallo. Lo riconobbe dall'incedere e alzandosi gli andò incontro.
«Alvise carissimo! Grazie di cuore per aver accettato la mia ennesima richiesta di aiuto!» proruppe abbracciandolo.
«Almeno adesso non ti trovo sotto le grinfie di un malfattore!» rispose l'amico dopo il vigoroso abbraccio, *«E ti trovo in buono stato!»*
«Amico carissimo, ormai penso di esser giunto alla fine dei miei giorni, ma posso dire di averli vissuti intensamente e, spero, in grazia di Dio! Ora che abbiamo compiuto la nostra missione, sarà cura di chi verrà dopo di noi, portare avanti il fardello del segreto della Reliquia». replicò con gli occhi lucidi.
«Angelo, ti sei sempre tormentato l'anima pensando se avessimo fatto la cosa giusta. Nemmeno i messaggi della Nostra Signora ti hanno rassicurato sul giusto cammino fatto? Stai sereno! Non possiamo cambiare il corso del tempo e nemmeno vivere in eterno. Affidiamoci al volere di Cristo e a quello che verrà, giorno dopo giorno, anno dopo anno» lo rassicurò.

«Amico caro, tu mi hai sempre confortato di fronte a tutti i miei dubbi! Mi mancavano le tue parole, grazie!»
Prese l'amico sottobraccio: *«Vieni, sarai stanco per il viaggio! Nella foresteria potrai riposarti»*.
Lo accompagnò all'interno del chiostro e lo fece accomodare nella stanza degli ospiti perché potesse rinfrescarsi e mangiare qualcosa.
Rinfrancato dalla fatica del viaggio, non molto tempo dopo Alvise bussò alla porta dello studio dell'amico. Lo vide seduto alla sua scrivania, intento a copiare su di un pezzetto di carta una serie di linee e curve dal significato incomprensibile.
«Entra pure, Alvise. Devo lasciarti un'ultima incombenza».
«Vedo che non riesci a darti pace...Cos'è che non ti rende sereno, Angelo?» gli chiese allora preoccupato, mettendosi a sedere di fronte alla scrivania.
«Ti sbagli su questo, Alvise, credimi. Sono in pace con tutto e con tutti. Solo che non possiamo tenere il segreto soltanto per noi. A qualche altro eletto dovrà pur essere concessa la possibilità di contemplare l'arcano!»
«Come mai ti è venuta questa idea?» lo interrogò l'amico sporgendosi verso di lui.
«Alcune notti fa ho fatto un sogno strano e inquietante. Erano presenti due giovani, un ragazzo e una ragazza. Il giovane mi assomigliava e lei aveva i tratti della Maddalena, quella del dipinto nella chiesa di Prati Gaziol. Io stavo camminando nei pressi di un sagrato, che sono certo di aver mai visto, e loro mi venivano incontro, mi imploravano di poter conoscere il mistero della Reliquia. Io terrorizzato, chiesi loro di come fossero a conoscenza del segreto e mi riferirono di aver trovato un messaggio, ed essere riusciti a comprenderlo, pur

con una certa fatica. Mi porsero un foglio che riportava una serie di scritte: alcune in latino, altre in volgare e dei numeri. Ricordo nitidamente i vestiti strani, molto diversi dai nostri, comunque molto ben confezionati, specialmente le scarpe. Erano ben curati con dei denti bianchissimi. Io sconvolto, ho cercato di fuggire, ma loro, non so come, mi precedevano. Poi si sono inginocchiati davanti a me e mi supplicavano. Allora mi sono fatto consegnare il foglio e ho chiesto se potessi scrivere. Mi hanno dato un tubicino di ferro con un'estremità a punta che permetteva di scrivere senza intingere nell'inchiostro. Ho riportato sul foglio una data, 13 settembre 1987. Ho restituito loro il foglio e mi sono svegliato!»

«Forse è un sogno premonitore!» gli rispose Alvise. *«Il 13 settembre è esattamente la data di oggi e tra 500 anni correrà proprio l'anno 1987...Chissà come saranno le cose e gli uomini in un tempo così lontano da noi! Sarà forse possibile che qualcuno dopo di noi possa vedere con i propri occhi questo segreto? In questo caso noi non potremo ritenerci i soli privilegiati! Per certo abbiamo vissuto da impavidi, ma questo non ci renderà immortali!»* commentò Alvise.

«Quindi io penso che é cosa giusta che qualcun altro dopo di noi possa avere la grazia di ammirare quello che hanno visto i nostri occhi! Sono oramai certo che, se ho avuto questa visione, devo agire! Tu, amico mio, mi hai insegnato che il caso non esiste. Quindi lascerò una serie di indizi affinché un giorno chi cercherà la Reliquia, la possa trovare. A te lascio questo scritto, che avrai premura di nascondere dietro alla tela del quadro della Maddalena»

«Stai sereno, Angelo!», rispose l'amico, *«farò tutto quello che mi dirai. Sarà poi il tempo e l'evolversi delle vicende del*

mondo a portare a compimento il disegno più grande di tutti che è nella volontà di Dio!»
«Hai ragione Alvise. Ciò che il Signore mi ha chiesto di fare io l'ho fatto! Spero di aver compiuto tutto il Suo volere. Ora sono stanco e le mie forze non mi permettono più di lavorare gli orti. Userò ancora la lucidità della mia mente per consolare i pellegrini che passano da queste parti. Padre Eustachio mi ha proposto di trascorrere i giorni in cui mi sento più affaticato presso di loro, qui, nel vicino convento di eremiti, la mia anima sarà rinfrancata. Penso che ascolterò il suo prezioso consiglio».
«È una saggia decisione», lo rassicurò Alvise, *«vedrai che ti aiuterà molto, ne sono sicuro!»*
Nel frattempo, la campana iniziò a rintoccare l'ora nona e preso sottobraccio l'amico insieme si avviarono verso la chiesa.
Stavano passando sotto il breve porticato fatto di archi in cui si alternavano colonne cilindriche ed esagonali, quando Alvise notò una scritta sul muro della chiesa: era in parte rovinata, o almeno così sembrava.
«Ti dice nulla?», chiese, accennando un sorriso, Angelo.
L'amico perplesso guardò la scritta, poi spostò lo sguardo sul foglictto di carta che l'amico gli aveva consegnato poco prima e gli si illuminarono gli occhi mentre con voce sommessa diceva: *«Una parte l'hai scritta sul muro e il resto è scritto qui...»*
«Sei sempre stato più di un passo davanti a me!»
«No, Angelo, sono qui al tuo fianco» gli rispose l'amico.
Continuando a sorridere entrarono in chiesa.

15

Treviso, Martedì 8 Settembre 1987 pomeriggio

Aveva completato più in fretta possibile l'ultimo intervento del pomeriggio per riuscire a passare, prima che fosse troppo tardi, al Seminario Vescovile: forse lì avrebbe trovato qualche informazione sul quadro della Maddalena, rimosso dalla chiesa del suo paese perché indecoroso.
Conoscendo il rettore del Seminario, era riuscito ad ottenere un appuntamento con il sacerdote responsabile dell'Archivio Diocesano dei beni religiosi, dal quale aveva avuto la conferma che il quadro era custodito proprio in quel posto.
Spostato il disco orario del furgone che aveva lasciato in Piazza Vittoria, raccolse la macchina fotografica dal portaoggetti e s'avviò a piedi verso il Seminario. Si accese una sigaretta e si infilò sotto i portici di via San Nicolò.
Camminando assorto nei suoi pensieri, apprezzava la possibilità di muoversi libero da valigie piene di attrezzi e

strumenti di lavoro. Si rese conto in quel momento che normalmente il suo incedere era sempre a testa bassa. Forse l'abitudine aveva una spiegazione del tutto pratica: evitare di calpestare le gomme da masticare gettate a terra o le merde dei cani. Oppure, di questo era quasi certo, guardando a terra senza alcuna distrazione, poteva concentrarsi su nuove sperimentazioni che gli balenavano in testa.

Quindi, stava godendo l'insolita passeggiata, tra un tiro e l'altro di sigaretta, ora con la testa all'insù, osservando la serie di affreschi che abbellivano le volte di quei portici stretti: Madonne con il Bambino, scene di vita medioevale, Cristi crocifissi e santi vari, contraddistinti da vistose aureole.

Verso la fine del porticato si fermò, perché un affresco aveva attirato la sua attenzione: si trattava di un soldato, dai tratti mediterranei, vestito di maglia di ferro con un mantello rosso sulle spalle, il quale teneva in mano una chiave e sotto la raffigurazione era riportata la scritta in latino "*Non in viribus usquam.*"

Notò, allora, che la fisionomia del soggetto aveva qualcosa di familiare: non ci volle molto a trovare la somiglianza con il soldato del dipinto presente nella chiesa di Preganziol, visto in compagnia del sacrestano. E quella scritta, l'aveva già letta da qualche parte, ma non si ricordava dove.

«Perché non ho frequentato il liceo classico?» brontolò fra sé, *«Adesso avrei già compreso il significato di questa frase. Eppure, l'ho letta già da qualche parte...»*

Continuava a rimuginare rovistando nella memoria ma non riuscì a ricordare. Lanciò un ultimo sguardo al cavaliere e proseguì.

Passando davanti all' imponente chiesa di San Nicolò si ricordò della gita ai tempi della scuola elementare, quando avevano visitato il monumento e la grande navata della chiesa; gli tornò in mente l'enorme affresco di San Cristoforo e un antico dipinto, presente nella attigua Sala del Capitolo che ritraeva un monaco con gli occhiali, caso senza precedenti.
Ricordava perfettamente la descrizione dell'insegnante nei minimi dettagli e non si spiegava il motivo di quel ricordo così nitido: certo, la storia gli piaceva, ma quella gli era rimasta davvero impressa a fuoco.
Era ormai arrivato alla portineria del Seminario, dove lo salutò il portinaio con un: *«Ciao, che macchina devi riparare questa volta?»*
Alzò le mani e rispose *«Oggi sono in permesso! Ho soltanto un appuntamento con don Pietro dell'Archivio»*.
«Ah, bene, vai pure! Sai dove trovarlo!»
Si incamminò lungo l'uscita verso il chiostro e, giunto davanti alla Sala del Capitolo, vide la porta socchiusa: non poté resistere a dare un'occhiata al famoso affresco del frate domenicano con gli occhiali. Quella stanza aveva un fascino tutto suo, con tutte quelle persone dipinte: sembrava un'istantanea messa lì da 650 anni.
Proseguì verso la scalinata della chiesa del Seminario e da lì verso il corridoio della biblioteca Vescovile. Alla fine, una vecchia porta di legno, probabilmente del secolo scorso, con una targhetta che indicava lo studio dell'archivista.
Bussò e attese: nessuna risposta. Stava per bussare di nuovo, quando udì un flebile: *«Avanti»*.
Aprì la porta e trovò il prete incaricato, seduto ad una scrivania, concentrato sui tasti di una vecchia Olivetti lettera

45: era un ometto di settantacinque anni, piccolo e calvo e ben curato.
Questi alzò lo sguardo e da sotto gli occhiali squadrò Angelo dalla testa ai piedi. «*Buongiorno, Don Pietro!*» salutò il tecnico garbatamente e con un sorriso.
«*Cosa le serve?*» fu la risposta secca dell'archivista.
Cercando di essere il più gentile possibile, Angelo gli spiegò che desiderava vedere un dipinto. «*Quale sarebbe il dipinto che le interessa?*» chiese bruscamente e Angelo cercando di mantenere il controllo rispose pacatamente: «*Quello della Maddalena confortata dagli angeli della scuola del Palma il Giovane*».
«*Perché così tanto interesse per quel quadro?*» chiese il prete, quasi alla ricerca di un valido motivo per scomodarsi da quella sedia.
«*Servirebbe perché, essendo membro del consiglio pastorale parrocchiale, sto ricostruendo la storia della nostra chiesa e quel quadro ha fatto parte dei suoi arredi sacri per un bel po' di anni*», rispose mentendo.
In verità non aveva la minima intenzione di fare pubblicità alle sue ricerche.
«*Ha detto bene! Quel dipinto ha fatto parte, ora non più!*», rispose con arroganza l'archivista, come se, geloso di quello che custodiva, non volesse farlo vedere proprio a nessuno.
Per non far perdere la pazienza a quel personaggio facilmente irascibile, Angelo rispose sempre con gentilezza: «*Assolutamente d'accordo con lei, ma facendo parte della storia della nostra chiesa, volevamo anche raccontare una curiosità inerente proprio a questo quadro, per poi documentarlo in un opuscolo*».

Dallo sguardo che ricevette in cambio, capì che aveva commesso un errore tremendo.
«Quel quadro ha suscitato discordia e seminato zizzania negli anni. Sarebbe meglio bruciarlo. Ragazzo, lei non conosce tutta la storia: non c'è soltanto quel curioso aneddoto che qualcuno conosce. Quella è la parte dolce della storia...»
«Molto interessante, Don Pietro! Oggi allora è il mio giorno fortunato: ho trovato qualcuno che conosce gli eventi molto bene e molto meglio di me!»
Cercò di recuperare in qualche modo lo sbaglio fatto per entrare nelle grazie di quell'archivista, sospettoso. Rimase in silenzio e quella mossa sortì l'effetto desiderato. Infatti, il prete cominciò a raccontare.
«Nei cinque anni trascorsi in biblioteca, ho trovato e letto testi che tutti dovrebbero conoscere e allora la storia non ripeterebbe i soliti errori. Ma la razza umana è sciocca e puntualmente, a distanza di anni, commette inesorabilmente gli stessi sbagli!»
Angelo capì che, anche se avesse insistito, "quel" quadro, in "quel" giorno, non l'avrebbe visto.
Decise di provare ad aggirare l'ostacolo, facendo leva sull'erudizione di quel religioso.
«Allora, secondo lei, sarebbe forse molto meglio, se prima di vedere quel quadro e disturbarla, potessi leggere quei libri di cui mi ha accennato poco fa...»
Se da una parte ebbe l'impressione di essere stato un po' troppo adulatore, dall'altra ottenne lo scopo di ammorbidire il burbero archivista, tanto che si sentì rispondere: «*Non ci sono problemi per vedere il quadro, ma se leggerà quel libro osserverà il dipinto in modo diverso. Il libro, comunque, non*

è possibile chiederlo in prestito, ma se le fa piacere posso farglielo sfogliare qui in biblioteca...»
«Assolutamente sì! Grazie mille dell'opportunità! Lo ha a portata di mano?»
Alzandosi, l'archivista disse in modo perentorio: *«Venga con me!»* e s'incamminò verso una porta che si distingueva a malapena, perché della stessa tinta delle pareti. Estratta una chiave dalla tasca, la inserì in una toppa ben nascosta, dando due giri, aprì la porta che conduceva ad un corridoio stretto e poco illuminato. Seguendo il sacerdote, Angelo notò che le poche e piccole finestre che illuminavano il passaggio si affacciavano sul primo chiostro del Seminario.
Dopo una decina di scalini molto ripidi, preceduti da una volta ad arco in pietra, notò sulla destra, sopra una mensola, un meccanismo costituito da una gabbia di ferro con una serie di ingranaggi arrugginiti e impolverati segno che erano fermi da anni e di fattura molto antica, era probabilmente il movimento dell'orologio che si vedeva all'interno del secondo chiostro del Seminario.
Entrarono in una stanza stipata di scaffali, pieni di libri accuratamente riposti e numerati. Al centro c'era solamente un tavolo e una sedia.
L'unica polverosa lampadina che poteva illuminare la stanza pendeva dal soffitto, legata tra due scaffali con uno spago che la tratteneva a mezz'aria.
Don Pietro ruotò un vecchio interruttore in bachelite nera il cui era esterno, costituito da una piattina inchiodata al muro.
La lampadina si accese, ma non doveva avere più di 25 watt perché, a parte il tavolo, il resto della stanza rimaneva scarsamente illuminato.

Quel posto non aveva finestre e la mancanza di un ricircolo d'aria dava a quell'ambiente il classico odore di stantio.
Il prete si chinò sull'angolo di uno scaffale e recuperò un volumetto di una cinquantina di pagine: aveva una copertina nera e morbida, sembrava un quaderno, più che un libro.
Scoprì, poi, che la copertina era stampata in colore rosso, con una scritta a caratteri corsivi: "*Il segreto della Maddalena.*"
L'archivista appoggiò il testo sopra il tavolo e dal cassetto sottostante estrasse un paio di guanti di cotone bianchi, li porse ad Angelo che in silenzio li indossò.
«Le concedo dieci minuti di lettura, poi io devo chiudere. Quando ha finito lasci pure sopra al tavolo il libro e i guanti e spenga la luce. Io l'aspetto giù in ufficio, perché devo finire di scrivere una lettera».
Il ragazzo annuì ringraziando, impaziente di mettersi al tavolo e di aprire il libro.
Il volumetto era stato stampato a Venezia nel 1585.
Lo esaminò con attenzione: ogni pagina era miniata nel capolettera e nei bordi. Era scritto interamente a mano, in un italiano del 1500.
La scrittura era ben comprensibile e, dopo aver letto alcune righe, riuscì a capire che la lettera "U" si leggeva come una "V" e viceversa; la lettera "S" era sostituita dalla "F" e in base alla parola prendeva l'uno o l'altro significato.

"*È sempre stata difficile la introduzione di cose nuove al mondo, e maggiormente, per le quali hanno apportato qualche solita maraviglia, e questo in quanto che gli uomini che tengono per impossibili alcune cose, non le credono; è tutto che siano loro*

mostrate, e fatti vedere chiaramente. Le mie modeste capacità di pittore mi hanno spinto a creare questi due dipinti al quale sono particolarmente legato e che ho voluto dare loro una spiegazione di ciò che mi ha spinto a farlo.
Con questo breve discorso ho voluto far notare al mondo, quello, che del mio lavoro è stato di maraviglia, e di stupore, mostrando insieme brevemente, che non se li possono formare opposizioni rilevanti, né con alcun fondamento, attese le nobilissime qualità, et effetti suoi, dai quali chiaramente si scopre la perfezione et importanza delle mie creazioni al quale non computo tutta opera mia. È stato dunque meraviglioso a vedere, ma in particolare a chi ha avuto pratica, e notizia degli dipinti fatti fin d'ora, come questi siano così diversi e con maniera così nobile, e artificiosa, che rende stordito, è confuso ogni giudizioso intelletto. Imperocché qualsiasi altro dipinto da me creato era preceduto da bozzetti e prove di colori. Questi dipinti invece sono nati in un sol giorno col sorgere del celeste sole iniziato, e finito."

Dopo aver letto un paio di pagine iniziò ad avere dei dubbi sulla possibilità che quello scritto potesse portare ad una risoluzione del mistero della Maddalena.
Riguardò con attenzione la copertina e gli sembrava che fosse troppo moderna per uno scritto del 1500: controllò la rilegatura e scoprì che era recente.
Estrasse da un taschino del gilet una piccola torcia e, una volta accesa, la puntò sul dorso per scoprire che c'erano dei fori

precedenti e che, quindi, quella copertina non custodiva quanto era annunciato sul frontale del libretto.
Scocciato di essere stato preso in giro, iniziò a guardarsi attorno in quella angusta e piccola stanzetta, in cerca di qualcosa che potesse essere più interessante.
Si alzò dalla sedia e cominciò a guardarsi intorno, sperando di individuare un qualche elemento che destasse curiosità. Due lati della stanza erano occupati da due scaffali pieni di libri, sicuramente antichi: breviari, l'Imitazione di Cristo, vangeli apocrifi. Esaminarli tutti per trovare qualcosa di utile, era del tutto impossibile.
Illuminando con la sua torcia un lato buio della stanza, fu attirato dalla parete a fianco della porta, sgombra da qualsiasi scaffale o altro mobilio, fatta eccezione per un copritermosifone in legno e paglia di Vienna.
Era piuttosto strana la presenza di un termosifone così grande in una stanza così piccola, calcolando che la costruzione di quegli ambienti poteva risalire agli inizi del secolo. Il tutto non aveva molto senso.
Puntò, quindi, la torcia sopra il copritermosifone e vide che agli estremi la vernice del muro era sporca, come se qualcuno avesse l'abitudine di togliere e rimettere spesso la copertura.
Provò a tirare con forza e parte del mobile di legno si aprì di quarantacinque gradi: quanto permettevano le due catenelle fissate ai lati, che bloccavano l'apertura a libro del mobile stesso.
Udì un rumore sordo quando le due catene si tesero: rimase immobile e in silenzio, temendo che qualcuno avesse sentito quello stridio.

Passati alcuni secondi, illuminò l'interno della cavità che si era aperta e vide, dietro ad un pannello di legno, che fungeva da finto muro per il termosifone, una feritoia con un secondo pannello di legno: lì, nel mezzo, era nascosta quella che sembrava essere la tela di un quadro.

Trattenendo il respiro e temendo che arrivasse qualcuno all'improvviso, allungò la mano ed estrasse con cautela il dipinto per appoggiarlo delicatamente sul tavolo.

Fu colto da una sorta di vertigine: aveva davanti agli occhi quello che poteva essere il quadro della Maddalena.

Era bellissima, sembrava viva, tanto il suo volto era espressivo. Lineamenti dolci e occhi verdi e, più in basso, il motivo della rimozione dalla chiesa: due seni rotondi e generosi. Ora non aveva più dubbi, quello che aveva davanti era sicuramente il famigerato dipinto in questione.

Ma ciò che più lo sconvolse, fu la somiglianza della Maddalena con Patrizia, una somiglianza strabiliante: sembrava un suo ritratto.

Estrasse la macchina fotografica da un taschino, ma prima di scattare una foto, si fermò un attimo: «*Massima risoluzione*!» Era una delle prime fotocamere digitali, memorizzava quattro foto in bassa risoluzione e una in alta.

Impostato il parametro, si spostò leggermente, per evitare riflessi, e premette finalmente il pulsante.

Stava per rimettere a posto il quadro, quando si accorse di un piccolo rigonfiamento su di un lato della tela: lo girò e vide sporgere un foglietto piegato in quattro, ma ormai non aveva più tempo per leggerlo sul posto.

Senza esitare si cacciò in tasca il foglio e rimise tutto in ordine. Si tolse i guanti, spense la luce e uscì da quella stanza con il cuore che batteva più forte del solito.
Appena in tempo: don Pietro gli stava venendo incontro.
«Allora, lettura interessante?»
«Assolutamente sì!» gli rispose Angelo, sperando che il rossore che sentiva in volto non lo tradisse.
«Purtroppo il tempo non mi è bastato...Temo che dovrò disturbarla ancora».
Il prete grugnì qualcosa di incomprensibile, che Angelo non si sforzò nemmeno di decifrare. Si limitò a ringraziare e a salutare.
Una volta uscito dal Seminario Vescovile, ripresosi dall'emozione della scoperta, si accese una nuova sigaretta e iniziò a pensare ad alta voce. *«Tecnico uno, archivista zero! Pensavi di aver a che fare con un pivellino? La classe non è acqua! Chi pensavi di infinocchiare?»*
Sfogata l'antipatia e recuperata un po' di calma, si concentrò sul bigliettino che aveva trovato nel quadro. Si guardò intorno, se per caso qualcuno lo stesse osservando; quindi, lo aprì e iniziò ad esaminarlo con attenzione.
Due righe di parole incomprensibili e incomplete. Sembrava quasi una serie di linee interrotte, che si dovessero completare avvicinandole a quelle di un altro foglio in modo da ricongiungersi e creare una frase dal senso compiuto.
Rammaricato dalla magra scoperta, si rimise il foglietto in tasca e s'incamminò verso il suo furgone.

16

Treviso, Mercoledì 9 Settembre 1987

I lavori monotoni di una bibliotecaria permettono di pensare a ruota libera. Spolverare le trecentine di Sant'Agostino, era quel tipo di lavoro che consentiva di vagare con la mente.
Lei ancora non si capacitava del perché il professore avesse mollato tutto e si fosse dedicato ad altro, dopo che per anni aveva inseguito le vicissitudini del cavaliere templare e di quasi tutti i suoi spostamenti.
Anche il fatto che così repentinamente si fosse spostato da una città ad un'altra, la cosa era sospetta.
Il fatto, poi, di cui non riusciva a farsi una ragione era che lui avesse abbandonato tutte le ricerche per lasciare a lei campo libero per proseguire.
Questo davvero non aveva senso per un uomo con quel carattere: ostinato nei suoi interessi, e meticoloso nelle indagini a tal punto da distinguersi da tutti gli altri insegnanti.

Almeno avrebbe potuto dire, che ne so: "Ci sentiremo, mi farò vivo io…, tienimi aggiornato."
Nulla di tutto questo. Semplicemente: "Arrangiati e buona fortuna!"
E poi, solo quel foglio striminzito. Possibile che fossero solo questi i risultati dopo anni di ricerche?
Il tutto era davvero strano: le aveva raccontato molte più cose a voce, di quelle trascritte su carta.
Ma adesso era sorto spontaneo anche un altro sospetto: quel tipo, Angelo, il tecnico di fotocopiatrici, era spuntato dal nulla per puro caso, oppure si era procurato la fotocopia e aveva architettato l'entrata in scena a sorpresa, dando l'impressione di essere un ricercatore improvvisato?
Iniziava a dubitare di tutto e di tutti: sembrava che tutto quello che iniziava a girare intorno non fosse affatto frutto del caso.
Quel tecnico era comunque un ragazzo semplice e spontaneo. Che scopo poteva avere di inventare tutta la vicenda della fotocopia dimenticata in un cassetto? Magari solo per flirtare o rimediare un appuntamento?
Stava rimuginando su tutte queste perplessità, quando intravide il bibliotecario arrivare a passo sostenuto verso di lei: *«Lasci stare questi libri! C'è un carrello di resi da rimettere a scaffale!»* le ordinò con tono fastidiosamente autoritario.
«Lo faccio subito!» rispose lei, appoggiando la spazzola e il pennello sul tavolo e dirigendosi verso il carrello, pur di allontanarsi da quell'uomo infelice, insoddisfatto del suo lavoro e della gente che si trovava intorno a lui.
Iniziò pazientemente a dividere i libri in base al codice riportato sul dorso, in modo da semplificare il giro tra gli

scaffali, quando le capitò tra le mani un volumetto intitolato "*I grandi misteri irrisolti di Venezia.*"
In copertina figurava un soldato in abiti templari. Incuriosita, lo mise da parte e si propose di darvi un'occhiata, appena avesse avuto il tempo per farlo.
Riposti i rientri nelle rispettive collocazioni e finito di spolverare la decina di tomi in archivio, si sedette all'unico grande tavolo presente nella stanza attigua a quelle di lettura. Si mise i guanti e aprì un grosso libro di farmaceutica, e vi appoggiò sopra il volumetto messo da parte poco prima.
Non era sicuramente corretto per una archivista appoggiare un testo sull'altro, anzi. Ma era l'unico modo per poter leggere indisturbata, simulando una ricerca che un amico di Mauro, il dottor Bianchi, aveva richiesto riguardo a un famoso decotto utilizzato nel Medioevo.
Lesse sommariamente i primi capitoli, in cui si narrava la storia dei Templari fin dall'inizio della costituzione del loro modesto ordine di "Poveri Cavalieri di Cristo", con Hugues de Payns e altri otto cavalieri.
Vi si narrava, poi, come quegli uomini di valore fossero partiti dalla Francia per la Terrasanta, con la missione di difendere i pellegrini. Patrizia arrivò quindi al capitolo in cui si trattava dell'ipotesi che un loro tesoro fosse stato sepolto in un'isola della laguna di Venezia, molto probabilmente San Giorgio in Alga, da dove in seguito sarebbe stato prelevato e portato altrove.
Continuando la lettura scoprì, però, che l'Ordine dei Templari era stato forzatamente sciolto nel 1312: quindi non poteva esserci un qualche collegamento con le ricerche condotte dal professore, che si riferivano ad un periodo successivo, attorno

alla metà del quindicesimo secolo; ma non abbandonò il proposito e continuò la lettura.

"Dopo la soppressione, il cavaliere fra' Nicola da Parma, priore di Venezia dell'ordine dei Cavalieri di San Giovanni di Gerusalemme, accompagnato dal cavaliere fra' Bonaccorso Trevisan, fece ufficiale richiesta al doge Soranzo per ottenere che i beni già appartenuti ai Templari fossero riconosciuti proprietà dei Giovanniti. La più antica raffigurazione del Priorato Giovannita è contenuta nella famosa pianta di Venezia realizzata da Jacopo de Barberi nel 1500. Nella xilografia di questo artista si vede distintamente la chiesa e il convento di San Giovanni del Tempio nell'aspetto volumetrico e planimetrico che conservano immutato fino ad oggi."

La cosa si faceva interessante, tanto che Patrizia non si era resa conto che era ormai orario di chiusura della biblioteca.

Nascose il volumetto sotto il maglione e ripose il librone di copertura nell'armadio dei libri storici consultabili, lo chiuse a chiave e si tolse i guanti.

Percorso il lungo corridoio che separava l'archivio dalla sala lettura, vide Mauro che l'aspettava con le chiavi in mano davanti al portone di ingresso. Recuperò dal suo armadietto la borsa personale, dove con una mossa veloce, fece scivolare all'interno il libro. Una sistemata ai capelli e si avviò verso l'uscita.

«*Arrivederci e buona serata!*» salutò il bibliotecario facendo il solito sforzo per sembrare cortese.

In risposta, ricevette un muto cenno di saluto.

Fuori la accolse una serata mite. La curiosità di riprendere la lettura del libro che teneva nella borsa era troppa per aspettare di arrivare a casa.
Si incamminò quindi verso le mura della città, sperando che la panchina sotto il grande olmo, meta abituale delle sue passeggiate, fosse libera.
Percorse le due stradine che separavano le case del centro dalla cinta muraria della città, salì la rampa di sassi e intravide la panchina libera.
L'aria della sera era ancora tiepida e passeri e merli cinguettavano allegramente. Si mise comoda, riaprì il libro dal segno che aveva lasciato sulla pagina, e continuò la lettura del volumetto.
Ora veniva trattata la storia dei primi insediamenti a Venezia dei cavalieri Giovanniti, con il primo nucleo a San Giovanni in Bragora, poi a Cà Vendramin Calergi.
Vi si trovavano riproposte le solite ipotesi circa l'esistenza di tesori di monete, oro e reliquie, tra cui il Sacro Graal: tutte cose trite e ritrite, già risapute ma senza un benché minimo riscontro nella realtà.
Poi si imbatté in un capitolo che la incuriosì: "*Il segreto di Nicodème de Bensant-Mesurier*." Lo lesse con attenzione e ad un certo punto si ritrovò letteralmente a sobbalzare dallo stupore.
"*Il cavaliere templare venne trovato completamente mummificato all'interno di una cripta della chiesa di San Barnaba. Teneva fra le mani un diario con tutte le pagine bianche, eccetto due, al centro delle quali era riportato un messaggio e alcune indicazioni riferibili al possibile nascondiglio di un tesoro. Il disegno di una chiave, alcuni*

numeri in sequenza e una serie di frasi in latino e volgare del 1500. Questi indizi hanno suscitato la curiosità di cercatori di tesori che non hanno avuto scrupoli a scoperchiare altari in molte chiese per le quali si poteva supporre un contatto, anche se per un breve periodo, con Templari, Giovanniti, Teutonici, Crociferi, Cavalieri del Santo Sepolcro e Illuminati.
Nessuno è comunque riuscito a trovare nulla di quello che era citato nella prima pagina scritta del diario: pagina che comunque venne distrutta per non alimentare inutili e pericolose supposizioni riguardo alla posizione del "grande tesoro", come veniva soprannominato.
La pagina in questione portava questo testo:

"In opre eterne, è a Te segna il sentiero,
o Madre del Salvatore che ispirasti colei a cercarmi,
io umile e anch'io storpio e devoto servitore,
la mia miracolosa guarigione
mi indicò il giusto cammino
per poter guidar la tua greggia a l'alto ovile."

Quanto di sopra corrisponde al contenuto della prima pagina. Più avanti il probabile seguito della presunta seconda pagina:

"Da quale Altar Maggior, che più risplenda,
Attendi il nome del fortunato visitatore?
E qual la ferrea età chiamar ti puote?

Te, che, qual visione ne le celesti note,
Genuflettiti di fronte ala apertura clave
immagine fulgida creata da un fratello
apostolo ispirato da un angelo.
Per poter di Grazia Tua concessa
Non stancarmi mai della celeste visione."

Inoltre, vicino a questi due fogli furono rinvenute due pagine di un diario di bordo di una galea veneziana di ritorno dalla Terra Santa, datata intorno ai mesi di Luglio e Agosto del 1451.
Si presume che siano stati messi in epoca successiva, in modo da fuorviare eventuali ricerche di cacciatori di tesori.

Mercuri 5 luglio, essendo giorno, se ritrovessimo presso a Venexia 25 miglia e, con vento a grecho a tramontana, orzando, venessimo scoprendo Venexia, laudando ogni homo Dio.
E cossì passando in anti, presso a Venexia circha X miglia , venneli contro una barcha, nella quale era lo pedota che la gallea doveva guidare dentro da la foce del porto.
Et montato lo pedota in gallea, Zioes e famiglio del Signore montato in quella barcha , se partì, andando verso il porto delle Fornaxe per andare in Isola de San Giorgio in alga a portar nove del Signore.
E cossì noi, seguitando il nostro viaggio, circa alle 24 hore intrassimo nel porto di Venexia con la gallea , ringraciando il Signore Dio che ni havea conducti a salvamento in Venexia.

Iove a dì 6 di luglio, ad hore circa 3 di nocte giongessimo alla Isola De San Giorgio in alga, ove dalla chieresia e da li frati tutti, quali in processione venirno in contro, lietamente ricevuto, tucti ringraciando Dio che per sua pietà e misericordia con sanità de a salvamento gli havea cumducto il suo Secreto, pregando similmente Dio che per il tempo futuro cossì il conservassi.

Et Io Angelo de Zugliani, in lo prefacto viaggio Cavaliere al servizio di Xristo, ho portato a Compimento il mio incarico et genuflexo con il mio amico ringraziamo Dio e ho scripto tucte le sopraddette cosse a le quali fui presente, e ho scripto qui de mia mano.
San Giorgio in alga.

In fondo al foglio c'era un appunto scritto con la stessa calligrafia ma più in piccolo.

Con l'aiuto di Nostra Donna e di Santa Maria Madalena, Gratiosa mi indicò il luogo esatto dove poter mettere a dimora sicura il Santo Secreto.
Pra' Gaziol 1612

Patrizia aveva letto tutto d'un fiato quell'ultimo capitolo e aveva perso la cognizione del tempo.

Aveva le mani sudate e le girava la testa: quanti indizi in poche righe che la portavano al segreto della reliquia!
Alzati finalmente gli occhi dal libro, si rese conto che doveva essere effettivamente tardi.
Ma era troppo eccitata per quello di cui era venuta a conoscenza e desiderava raccontare tutto ad Angelo.
Scese la scala e sussultò vedendo un furgoncino bianco che assomigliava in tutto e per tutto a quello del suo amico tecnico.
Osservò con più attenzione e si rese conto che all'interno c'era troppa confusione per essere quello di Angelo.
Era così impaziente che l'appuntamento che avrebbe avuto domani sera, gli sembrava troppo lontano.
Si avviò quindi a passo svelto verso casa.

17

Treviso, Giovedì 10 Settembre 1987

Tamburellava nervosamente con le dita sul cruscotto.
La serata era tiepida: parcheggiato in riviera Santa Margherita, vedeva in lontananza il movimento della città di sera.
Un gruppo di ragazzi camminava distrattamente lungo il marciapiede, affiancato da una ringhiera, prospiciente al fiume Sile.
Angelo Si ricordava di quei posti, di quando lì marinava la scuola: nei pressi, infatti, c'era un bar con tavoli da biliardo, che frequentava nei giorni di interrogazioni scomode.
Aveva aperto i finestrini, l'autoradio a volume non troppo alto stava proponendo un blues di Eric Clapton.
«*Troppo bello…Aspetto la fine della canzone e poi scendo a fumare una sigaretta. Non sono nervoso!*» continuava a

ripetersi «*in fondo non è il primo appuntamento della mia vita...*»
Ma non riusciva a capire se a renderlo un po' ansioso fosse incontrarsi di sera con la bibliotecaria oppure la storia che ormai iniziava a dipanarsi intorno a quella fotocopia.
Ormai gli elementi erano più di uno e sembravano finalmente disporsi secondo una precisa logica di fondo.
Qualcosa di molto importante era nascosto da secoli, da qualche parte, e forse fra non molto si sarebbe scoperto dove.
«*Non è bello far aspettare una signora!*»
Si voltò di scatto e la vide appoggiata al finestrino, riuscì a trattenere a stento un "porca puttana".
Abituato a vederla in biblioteca con i capelli raccolti e gli occhiali, non l'aveva subito riconosciuta: i capelli ora, erano sciolti sulle spalle e indossava una camicia di seta color pervinca che, con i primi due bottoni slacciati, lasciava intravedere un reggiseno di pizzo blu.
Scese in fretta dall'auto per aprirle la porta e, quando la vide interamente, ebbe un altro sussulto.
Pantaloni di jeans aderenti che lasciavano poco all'immaginazione e un paio di scarpe décolleté con un tacco considerevole la rendevano molto elegante.
«*L'ho sempre vista con gonne lunghe e scarpe comode, non sembra nemmeno la stessa persona!*» si disse fra sé.
Cercò di mascherare lo stupore, aprì la portiera e la fece accomodare.
Rimessosi al posto di guida, appoggiò le mani sul volante e non riuscì a trattenere un commento osservandola da vicino:
«*Scusa ma te lo devo dire: sei uno schianto!*»
«*Lo avevo capito dal "porca puttana"*», si sentì rispondere.

Si morse la lingua e cercò di giustificarsi: «*Effettivamente non è stata la maniera più elegante per esprimersi...*»
«*Tranquillo, sapevo che avrebbe fatto questo effetto!*» si sentì rispondere e un sorriso malizioso comparì sulle sue labbra.
La tensione si era stemperata e cercò quindi di giustificarsi ulteriormente: «*Ma scusa! Cerca di capire! Sono abituato a vederti in occhiali, grembiule, gonna lunga e Clarks...A proposito, gli occhiali?*»
«*Conoscerai l'esistenza delle lenti a contatto...*»
Senza gli occhiali, i suoi occhi sembravano più grandi e il viso appariva ancora più bello, che in biblioteca, dove in mezzo alla gente, sembrava quasi anonimo.
«*Bene! Allora dove si va?*» gli chiese, dopo essersi sistemata i capelli. «*Avrei un po' di fame. Bella 'sta macchina: che modello è?*»
Angelo, approfittando della nuova piega della conversazione, iniziò a decantare tutte le caratteristiche dell'automobile: «*Si tratta di una Fiat X1/9 del '79, prima serie, la prima sportiva decappottabile della casa di Torino*».
«*Decappottabile? Non male...Non ci sono mai salita prima d'ora. Quindi si può togliere il tettuccio?*»
«*Vuoi viaggiare con il vento tra i capelli? Nessun problema!*»
Sganciò i due fermi laterali e, una volta sceso, aprì il cofano frontale, così da riporre il tettuccio dell'auto.
«*Come mai hai una macchina così insolita?*» si sentì chiedere Angelo appena si fu seduto nuovamente al posto di guida.
Fu felice di poter raccontare la storia di quella vettura.
«*Veramente non è mia, è di mio zio. L'abbiamo restaurata insieme: lui è meccanico e l'ha comprata rottamata per due*

spiccioli; poi, siccome era rimasta in un fienile per alcuni anni, l'impianto elettrico era mezzo andato.
Allora mi ha chiesto di sistemarlo e mi ha dato carta bianca per quanto riguardava la strumentazione del cruscotto e l'impianto di accensione.
Allora ho inserito un circuito per l'accensione elettronica e quindi adesso ha una ripresa più scattante. Il cruscotto originale faceva pena, quindi l'ho sostituito con la strumentazione di una 124 sport e con un pannello in radica.
Ho inoltre aggiunto un po' di indicatori: voltmetro, amperometro, pressione e temperatura olio, una buona autoradio e...»
«Infatti, sembra la consolle di un aereo!» lo interruppe lei sorridendo.
«Dovresti vederla di notte! Ho sostituito tutte le lampadine degli strumenti con dei led verdi, una figata!»
Stava per continuare a sfoderare tutte le altre migliorie apportate, quando si rese conto che forse non tutto le poteva interessare; allora concluse: *«Bene! Allora pizza o pesce? Scegli tu...»*
«Pizza, pizza! Non ho il vestito adatto per il ristorante!» Si guardarono negli occhi e risero insieme.
Un quarto d'ora di strada passò veloce ed entrarono nella pizzeria di Romualdo, amico di Angelo, che, vista la sua nuova compagna, spalancò gli occhi e aperta la bocca non riuscì a proferir parola.

Seduti ad un tavolino, un po' appartato come aveva richiesto, Angelo non consultò nemmeno il listino: continuava a guardare Patrizia in quella "nuova versione".

Non riusciva a staccarle lo sguardo di dosso, sarà stato per il trucco leggero e per quegli occhi color smeraldo così luminosi. Sembrava un'altra persona, l'austera e timida bibliotecaria rinchiusa tra scaffali scuri e polverosi era sparita per lasciare il posto a una ragazza decisamente intrigante.
I capelli poi, sciolti sulle spalle, di quel colore rosso dai riflessi ramati, le allungavano il viso, ne cambiava la fisionomia.
La sua attenzione spesso si spostava, manco a dirlo, sulla scollatura e sulle trasparenze della camicia. Il pizzo del reggiseno e le forme che si intuivano, inevitabilmente facevano scivolare l'immaginazione in pensieri piuttosto audaci.
Lo distolse da quelle fantasie la sua voce che chiedeva: «*Allora, che pizza mi consigli?*»
Continuando a guardarla senza nemmeno aprire il listino rispose: «*Una panna, prosciutto e funghi. Per me è il top...Poi dipende da che gusti hai*».
«*Io ho una fissa*», rispose lei prontamente, «*Quando mi trovo in una nuova pizzeria scelgo sempre una prosciutto e funghi, così la posso confrontare con le altre già provate*».
«*Sembra un ottimo sistema di giudizio. Funziona?*»
Spostando una ciocca di capelli dietro all'orecchio e inclinando leggermente il capo, gli rispose con un sorriso: «*Per poter fare un paragone veritiero, dovrei mangiarle tutte nella stessa sera...*» e gonfiò le guance per rendere l'idea di cosa significava un esperimento del genere.
«*Vada per la panna prosciutto e funghi e una birra!*» concluse, chiudendo il listino e ponendolo in un angolo del tavolo.

«Bionda o rossa?» le chiese con voce più sicura.
«Bionda, bionda. Preferisco qualcosa di leggero!»
Dopo che il cameriere si allontanò con le loro ordinazioni, Patrizia riprese la conversazione: *«Allora, ho scoperto che non sei solo un bravo tecnico riparatore, ma anche un provetto elettrauto. Quale altra sorpresa mi nascondi?»*
Lo guardava negli occhi tanto da farlo arrossire, anche perché quelli di lui scendevano sempre sulla sua scollatura.
«La sorpresa stasera sei stata tu», rispose prontamente per togliersi dall'imbarazzo, e iniziò il discorso inerente alle loro ricerche: *«Sai, mi sono documentato su quello che mi avevi chiesto. Ho trovato una citazione in un libro che in qualche modo ci riporta al nostro personaggio del 1400. Credo di aver trovato una pista, ma devo ancora completare le ricerche».*
«Avresti il coraggio di lasciarmi nel dubbio? Vuota il sacco!»
Lei in quel momento avrebbe potuto chiedergli qualsiasi cosa: Angelo era letteralmente rapito da quella ragazza, adesso che la vedeva in quella nuova versione, così diversa da quella del suo lavoro.
Cercò di vendere cara la propria merce, senza rivelare tutto d'un fiato quello che sapeva: iniziò con una lunga premessa.
«Hai mai sentito parlare di tutte le apparizioni della Madonna in questa zona, in pieno Medioevo? Devi sapere che ci sono state un sacco di apparizioni e tutte più o meno con la stessa dinamica. Protagonista è sempre una pastorella, o una storpia o una sordomuta a cui appare la Madonna. La giovane improvvisamente riacquista la parola e l'udito, o si raddrizza. Poi, in memoria del fatto prodigioso, in quel determinato posto si costruisce un santuario o una cappella o una chiesa..., e fine del film.

Per esempio, la Madonna del Covolo: siamo a metà del dodicesimo secolo. Una pastorella sordomuta si rifugia in una grotta per la pioggia, prega e le appare la Madonna: acquista la parola e l'udito e si decide di costruire un santuario. Per aiutare gli operai, sempre per l'intervento miracoloso della Madonna, spunta la sorgente "Dei tre busi".

Nell'agosto 1479, anche a Bonisiolo, la Madonna appare ad un'altra sordomuta e viene costruito il santuario della Madonna delle Grazie.

A Borbiago, sempre una sordomuta sente una voce in fondo ad un pozzo. La donna d'improvviso inizia a parlare normalmente e ordina di prosciugare il pozzo. Vi troveranno, sul fondo, una statua della Madonna, e quindi, nuovo santuario!

Il 14 aprile 1534, a Robegano, la Madonna appare a Costantina una fanciulla storpia, e indovina un po'? Nuovo santuario.

L'unico privilegiato di sesso maschile che abbia visto la Madonna è Giovanni Cigana, il 9 Marzo 1510 a Motta di Livenza: lì hanno costruito il santuario più grande...»

«Forse perché era un maschio! Scherzi a parte: sei preparato!» gli rispose dopo aver ascoltato attentamente tutte le vicende che Angelo le aveva raccontato.

«E tutto questo, scusami, cosa c'entrerebbe con la nostra storia?»

Stava sorseggiando la birra, dopo tutto quel parlare gli era venuta sete, e abbassato il bicchiere arrivò il cameriere con le pizze fumanti. Si scostò per poter far posto al piatto e ammirare il capolavoro del pizzaiolo.

Forse su suggerimento del cameriere, amico di Angelo, Romualdo aveva davvero superato sé stesso: aveva davanti una pizza al di sopra di ogni aspettativa.
Anche lo sguardo di Patrizia alla pizza, lo convinse che quella sera il pizzaiolo aveva dato il meglio di sé.
La pasta era croccante e gli ingredienti cotti a dovere; il profumo del prosciutto misto ai funghi e la spruzzata di origano garantivano una bontà superiore.
«Vuoi sapere il resto, oppure facciamo una pausa?»
«Io non lascio raffreddare questo spettacolo, mi dispiace!»
Patrizia aveva già assaggiato un pezzetto, *«ma tu puoi continuare a parlare tra un morso e un altro. La storia è decisamente interessante!»*
Dopo un lungo sorso di birra, Angelo posò il bicchiere e riprese: *«Bene! Allora, sulla fotocopia, se ricordi, c'è la frase: "In opre eterne" puntini puntini, "io umile e anch'io storpio e devoto servitore" puntini puntini. Secondo me, chi ha ispirato il cavaliere potrebbe essere una di quelle fanciulle che hanno visto la Madonna e poi gli hanno portato un messaggio!»*
Dopo essersi pulita la bocca, Patrizia lo guardò incredula: *"È tu penseresti che in tutta questa storia hanno scomodato addirittura la Madonna? Certo che la fantasia non ti manca!»*
«Non è proprio tutta fantasia...Ci sono anche delle coincidenze che non vanno trascurate. Se ricordi, sulla fotocopia c'è una data prima della frase che ti ho citato: 10 settembre 1451, guarda caso, due giorni dopo l'apparizione della Madonna alla donzella, detta Graziosa, storpia ad un braccio e ad una gamba a Conscio di Casale, un paesino qui vicino. E poi quel passo che recita "anch'io storpio e devoto

servitore, la mia miracolosa guarigione". Sembra che questo individuo avesse avuto gli stessi problemi della tipa».

Tagliato un altro pezzo, la ragazza raccoglieva i funghi che abbondavano e cadevano sul piatto. Ascoltando il racconto, aveva avuto tutto il tempo e il modo di assaporare quella delizia: «*Ok, supponiamo che la tua teoria sia fondata...Ma questo dove ci porta?*»

Angelo riprese, guardando con rammarico la pizza ancora quasi intera sul piatto, che ormai non fumava più: «*Ho pensato che questo soldato, con l'incarico di custodire la reliquia più importante del cristianesimo, avesse un pensiero fisso: custodirla in un posto inaccessibile ai ladri e profanatori. Se era considerata la reliquia più importante, pensa a quanti potesse interessare; quindi, si può supporre, e qui entriamo nel campo delle ipotesi assurde, che qualcuno lo abbia ispirato nella scelta del luogo, e magari proprio la Madonna avrebbe potuto dargli le indicazioni precise. L'otto settembre, infatti, Maria apparve ad una ragazzina di Conscio. La notizia si sarà velocemente sparsa nel vicinato e, successivamente, è possibile che si sia incontrata con il Cavaliere Giovannita. E adesso, perdonami, mi mangio la pizza e ti lascio la parola...*»

«*Aspetta!*» lo interruppe subito, «*come hai detto che si chiamava la ragazza storpia che è stata miracolata?*»

Patrizia lo guardò con attenzione e lui con la bocca piena disse: "*Graziosa*" e si tuffò nuovamente sulla ricca pizza.

Posati forchetta e coltello e pulendosi le mani con il tovagliolo, prese il libro dalla sua borsa, lo aprì in corrispondenza del segnalibro e picchiettò sulle pagine.

"Con l'aiuto di Nostra Donna e di Santa Maria Madalena, Gratiosa mi indicò il luogo esatto dove poter mettere a dimora sicura il Santo Secreto."

"Pra' Gaziol 1455"

«Cavolo sembra proprio lei! Scommetti che abbiamo trovato il posto?» Lo disse con un sorriso che le illuminava il viso.

Angelo posò il bicchiere di birra ormai quasi finito e dopo aver ingurgitato un pezzo di pizza esclamò: «*È azzardato pensare, secondo te, che il posto possa essere qui vicino? Il libro delle apparizioni della Madonna sembra sia stato molto utile*».

«Allora riassumendo,» disse Patrizia *«Abbiamo due date che coincidono con due eventi documentati e probabilmente connessi»*.

La serata trascorreva in maniera piacevole: la buona compagnia e il ragazzo che aveva di fronte, informato su argomenti che a pochi potevano risultare interessanti, rendevano quell'appuntamento davvero speciale.

«Ora racconta qualcosa tu!» la esortò Angelo indicando con lo sguardo la sua pizza ancora a metà che si stava raffreddando: «*la pizza fredda non mi piace!*» Lo disse spiando la sua reazione e vide un sorriso di scuse.

«A proposito, dove hai trovato quel libretto che ti sei portata appresso?»

«L'ho visto ieri, nel carrello dei libri restituiti» spiegò *«e, mi aveva incuriosita. Gli ho dato una letta veloce e poi vi ho trovato parti di quello scritto della fotocopia e il racconto di un diario dell'arrivo di due soldati Giovanniti a Venezia. Vedi? Con le nostre ricerche congiunte forse abbiamo trovato gli spunti necessari per iniziare a dipanare la matassa. Dalla*

lettura del libro del Tempio di Ormelle non avevo ricavato un bel niente, almeno fino ad ora.
In quel testo la ricercatrice racconta la storia del posto e tutto quello che le è successo intorno, ma dell'affresco del Cristo Crocifisso con la Maddalena al suo fianco niente, nemmeno della scritta a lato, che chiaramente è illeggibile perché rovinata dal tempo. Comunque mi ha incuriosito. Guarda: ho fatto una fotocopia!»
Gli porse un foglio ritagliato con la scritta illeggibile presente nel muro del tempio. «*Ti misurano la carta in biblioteca?*» Le chiese divertito, afferrando quel pezzetto minuscolo di fotocopia.
«*Beh, mi hanno insegnato a risparmiare*», gli rispose lei candidamente.
«Ok! A parte gli scherzi, a me sembra che, forse, potrebbe assomigliare o avere qualcosa a che fare con questa...»
Frugò nella tasca ed estrasse il foglietto di carta trovato all'interno del quadro della Maddalena.
«*Osserva! Questo sembra diverso, ma se proviamo a sovrapporli, potrebbero dare una frase di senso compiuto, forse in latino, quindi pane per i tuoi denti!*»
«*Non ci avevo pensato, potrebbe essere una buona idea! Ma dove hai trovato quel foglietto? Un'altra fotocopiatrice difettosa?*»
«*Non proprio. Qui la storia è un po' più lunga...armati di pazienza*».
Raccontò tutto l'episodio del giorno prima, all'archivio del Seminario Vescovile, omettendo ovviamente il particolare che il quadro della Maddalena aveva una netta somiglianza con lei.

Avrebbe voluto in cuor suo farle vedere la foto che era riuscito a scattare, ma non sapeva quale reazione avrebbe suscitato su di lei.
«Cavoli! Sarebbe interessante vedere quel quadro».
A questo punto non poteva non dire tutto, quindi le rispose: *«Veramente gli ho scattato una foto...»*
«Sul serio? Posso vederla?» Lo guardò con uno sguardo ammiccante, che avrebbe sedotto chiunque: aveva un modo grazioso di muovere le labbra che creava, a volte a destra, a volte a sinistra, una piccola fossetta in corrispondenza della guancia, una caratteristica che la rendeva ancora più attraente.
«Non l'ho ancora stampata, ce l'ho nel computer a casa. Ho pensato che farla stampare da un qualsiasi fotografo sarebbe stato poco prudente, non credi?»
«Cosa vuoi che capiscano i fotografi? E poi pensi che stiano a guardare tutte le foto che stampano?» Si sentì rispondere in tono un po' spazientito: evidentemente la curiosità di Patrizia di poterla vedere era andata delusa.
Effettivamente, il suo, poteva essere un eccesso di zelo, ma per lui era meglio essere prudenti.
Soddisfatti dell'evoluzione delle loro ricerche, terminarono la pizza quasi in silenzio, guardandosi a vicenda.
Patrizia però, dopo aver pensato a lungo, alla fine si decise a chiedere: *«Scusa, ma non è che potrei vedere la foto del quadro della Maddalena? Oppure sono troppo curiosa?»*
La domanda lo prese alla sprovvista. Voleva rispondere di no, che non era possibile; che magari il computer non funzionava bene; che non riusciva a leggere i floppy disk, e poi doveva portarla a casa sua…

«Sì! Certo!» Lo disse così spontaneamente che non ebbe nemmeno il tempo di accorgersi che aveva risposto l'esatto contrario di quello che aveva appena prima pensato.
«Bene! Allora andiamo!»
«Niente dolcetto o caffè? Grappino? Digestivo?» chiese per temporeggiare. *«Beh..., me lo potresti offrire a casa tua...»*. Parlando appoggiò la mano sul braccio di Angelo accarezzandolo. La vide arrossire un po', come se si fosse pentita della richiesta e della mossa audace.
«Perfetto! Allora andiamo!» rispose lui senza esitazioni, alzandosi dal tavolo.
Il sole era ormai tramontato e benché l'auto fosse senza tettuccio la serata era ancora mite. Accese i fari e con essi tutta la strumentazione del cruscotto.
«Figo! Sembra di stare nella cabina di pilotaggio di un aereo!» commentò ammirata Patrizia.
«Sei la prima che vede tutto questo! Mi ci sono voluti sei mesi di duro lavoro», e visto il risultato pensò che ne fosse valsa davvero la pena.
Arrivati all'appartamento la fece accomodare. Aprì la porta che dava sul terrazzino verso la strada e stava per giustificare quel po' di disordine con il fatto che era uscito di fretta.
«Complimenti! È un bel appartamento ed è tutto in ordine, per un uomo che abita da solo».
«Grazie! Non esco se non è tutto a posto!» rispose mentendo. L'appartamento lui lo rassettava il mercoledì e il sabato.
Si stava dirigendo in cucina, quando il gatto, entrato dal terrazzino, si precipitò a strusciarsi sulle sue gambe.
«Non mi avevi detto che avevi un gatto! Io li adoro!»
«Patrizia, ti presento Gisy!»

Lei si inginocchiò davanti a quei sei chili di pelo rosso. Il gattone, senza timore, si era avvicinato alla sconosciuta e, accettando volentieri una grattatina sotto il mento, la ripagava con fusa di soddisfazione.

«Bene! Vedo che sei già sua amica! Mettiti comoda che accendo il computer e preparo il caffè!»

«Scusami...», chiese Patrizia con imbarazzo, *«mi posso togliere le scarpe? Sai, non sono abituata ai tacchi».*

«Fai pure! Nessun problema. Vuoi un paio di ciabatte? Non saranno del tuo numero, però». Le rispose lui guardando quei piccoli e graziosi piedi.

«Tranquillo, a casa giro sempre scalza», si sentì replicare.

Andò nella stanza del computer e accese il suo Amiga 1000. Prese il dischetto dal contenitore e lo appoggiò vicino al lettore poi ritornò in cucina, dove Patrizia si era seduta sul divano in compagnia del gatto che, felice della compagnia, continuava a fare le fusa.

«È già pronto il caffè? Riusciamo nell'attesa a vedere la foto?»

Patrizia si alzò e lo guardò intensamente: Angelo si sentì un brivido lungo la schiena, quegli occhi, senza lenti da vista, lo scrutavano così profondamente che sembravano cogliere il pensiero.

«Grazie, Angelo, per tutto!» e lo abbracciò.

Sentì il calore del suo corpo che si appoggiava al suo petto, ricambiò la stretta e spontaneamente la baciò sulla guancia: aveva un profumo delicato, come tutte le sue movenze e sentì lei ricambiare il bacio ricevuto.

«Allora, la vediamo questa foto?»

«Sei proprio sicura di volerla vedere? Vedrai che sarà sorprendente».

Dentro la piccola stanza, dove teneva il computer, c'era posto per una sola sedia e fece accomodare Patrizia davanti allo schermo.

Lui dietro, in piedi, inserì il dischetto all'interno del lettore e cliccò per aprire l'unico file che conteneva: selezionò il programma di visualizzazione immagini e attesero impazienti che la rotellina al centro dello schermo finisse di girare.

Dopo un po' di secondi apparve la foto del quadro.

Patrizia sussultò sulla sedia: *«Ma stai scherzando?»* disse allibita da ciò che era comparso sul monitor, *«Mi assomiglia moltissimo...»*

«Quindi non mi ero sbagliato a pensarlo anch'io», rispose Angelo, che nel frattempo le aveva appoggiato una mano sulla spalla.

«Si può ingrandire la foto?» chiese, cercando di guardare meglio i particolari. *«Sì, aspetta. Questo programma di grafica è super, basta che ti sposti con il mouse sopra queste frecce e ingrandisci o riduci a piacimento».*

«Dovrei togliermi le lenti a contatto. Con gli occhiali potrei vedere meglio!»

«Fai come vuoi! Il bagno è dopo la porta della camera, io, nel frattempo, servo il caffè».

La lasciò sola nella stanzetta a rimirare quello che sembrava il suo ritratto, dipinto cinquecento anni prima di lei

Lui tolse la moka dal fornello, cercò nella piccola cristalliera in salotto un vassoio in ceramica con due tazzine e una zuccheriera, probabilmente un oggetto antico appartenuto ai suoi nonni.

Patrizia stava uscendo dal bagno indossando gli occhiali, ma gli occhi di Angelo erano stati catturati, come al solito, da un altro bottone della camicetta sbottonato. Represse i soliti pensieri dicendo: «*Il caffè è pronto!*»

«*Grazie, ne ho proprio bisogno! Lo prendiamo qui in salotto, se non ti dispiace: questa serata è troppo piena di emozioni!*»

«*Anche per me!*» le rispose, porgendole la tazzina. E aggiunse: «*Facciamo una pausa!*»

Lo sorseggiavano in silenzio, mentre lei osservava con curiosità quell'ambiente nuovo: «*Sei ben organizzato qui! È piccolo ma hai tutto quello che necessita in una casa!*»

«*I mobili li ha messi tutti mio zio, erano quelli dei miei nonni*», iniziò a spiegare Angelo, «*Io ho sistemato lo studio, con scrivania e scaffali ricavati da rientri della ditta. Anche il computer: l'ho acquistato da un architetto, nostro cliente, che era passato ad un Macintosh. Era un'ottima occasione, lui è un appassionato di grafica e musica e mi ha fatto un prezzo di favore. Adesso che ci penso, ho anche lo scanner collegato a quel computer... Posso scansionare il foglietto del quadro e vedere se si collega alla scritta del tempio!*»

«*Comincia a farsi tardi*», replicò Patrizia, «*Ma chi se ne frega! Ormai sembra che la soluzione del mistero non sia così lontana, andiamo!*»

Il ragazzo prese i foglietti dalla tasca dei jeans e sul fianco destro del computer estrasse il Geni scanner – SG4500, uno scanner portatile da dieci centimetri che consentiva di scansionare piccole immagini.

«*Aspetta! Prima voglio vedere meglio questo quadro*».

Patrizia si sedette sull'unica sedia mentre il gatto tornò ad accovacciarsi sulle sue ginocchia.

Esaminò a lungo la foto del quadro: «*La somiglianza è inspiegabile! Guarda qui! Secondo te questa è una macchia del quadro o un tocco dell'artista?*» e indicò sulla spalla della Maddalena una piccola macchia sulla pelle che assomigliava ad un'imperfezione.

«*Si può ingrandire. Premi il tasto F2*», consigliò lui.

Ingrandito il particolare, Patrizia si voltò e fece scivolare la camicia sulla spalla destra, spostò la spallina del reggiseno e gli disse: «*Guarda! Sembrerebbe un'altra coincidenza!*» mostrando ad Angelo la stessa imperfezione presente sul quadro.

«*Cazzo! Ingrandendo non sembra una macchia creata dal tempo sulla tela, sembra proprio una pennellata del pittore!*»

Rimise a posto la camicetta: quel particolare, fosse o meno una coincidenza, sembrava averla davvero sconcertata.

Per alleggerire la tensione che si era creata, Angelo le propose di decriptare la frase sul foglietto.

Nell'attesa che il programma di acquisizione caricasse le immagini le chiese quindi: «*Cosa ne pensi della tua somiglianza con la Maddalena?*»

«*Non lo so...La cosa mi rende confusa. Sappiamo tutti e due che il caso non esiste. Ma, a quanto pare, forse sembra, che noi dovevamo essere coinvolti, vediamola da questo punto di vista!*»

L'hard disk ticchettava regolarmente e il programma aveva quasi finito di caricarsi.

Adesso era lui seduto sulla sedia e Patrizia con una mano sulla sua spalla seguiva con ammirazione e trepidazione tutti i movimenti esperti di Angelo.

La cosa lo distraeva: non era abituato a lavorare in compagnia, però capiva che non era il fatto di essere osservato che lo confondeva, bensì quella mano così curata, con le unghie smaltate di un madreperla dai riflessi azzurri che si appoggiava a lui.
Cercò di concentrarsi su quei due pezzettini di carta: quello trovato nel quadro della Maddalena e la fotocopia della scritta nella chiesa di Tempio di Ormelle.
Non essendo della stessa grandezza risultava difficile sovrapporli; ingrandì così il primo fino alla stessa lunghezza dell'altro e riuscì a creare due frasi separate da una linea. Mettendoli uno sull'altro, vide che le linee coincidevano in più punti e creavano delle lettere complete e leggibili:

CHIESA DI PRA' GAZIOL 1487
CRIPTA ALTAR FRANCESCO

La mano di Patrizia iniziò a stringere la spalla di Angelo sempre con più forza: «*Fatta! Abbiamo altri dati! La chiesa, l'altare dell'ingresso e chissà una cripta che sarà sottoterra! Adesso non ci resta che mettere insieme tutti i pezzi del mosaico! Hai carta e penna?*»
Si spostarono in salotto e Angelo, prese un *Block notes* da un cassetto e un paio di penne e si sedette vicino a lei. Sopra il tavolo avevano i libri, la fotocopia e i foglietti con le scritte appena decifrate.
«*Dunque, a quanto pare, abbiamo l'indicazione del posto. Chiesa di Preganziol, altare di San Francesco e una presunta*

entrata della cripta. Mi confermi che c'è un altare con una pala dedicata a San Francesco?»

Lui, concentrato, fece solo un cenno affermativo con la testa.

«*Bene!" Sinistro latere occultata clavis!" Da qualche parte, in teoria, a sinistra, ci dev'essere una toppa dove inserire la chiave per aprire il passaggio alla cripta*».

Angelo si illuminò «*Ma certo! È dove il bimbo ha fatto cadere la moneta! È lì sotto che ci dev'essere il passaggio!*»

Patrizia lo guardò stranita. «*Non ci resta che andare a verificare il tutto. Ma come facciamo a entrare in chiesa quando non c'è nessuno?*» chiese inquieta.

«*Di quello non ti devi preoccupare. Conosco la persona giusta, Armando il sacrestano, è mio amico. Sono sicuro che ci lascerà entrare senza problemi quando la chiesa sarà chiusa, perché si fida di me*».

«*Sarebbe fantastico! Speriamo che ci permetta di entrare. Non vedo l'ora*».

Angelo Guardò quegli occhi verde smeraldo trepidanti, l'avrebbe baciata se lei non avesse abbassato lo sguardo e detto: «*Puoi accompagnarmi a casa? Adesso sì che si è fatto davvero tardi...*»

18

Preganziol, Venerdì 12 Settembre 1987

Non riusciva più a dormire.
Più si rigirava nel letto e meno sonno aveva.
Nemmeno il silenzio pressoché assoluto della notte riusciva a farlo addormentare di nuovo, come accadeva di solito.
Angelo schiacciò il pulsante della radiosveglia e vide che erano le quattro e mezza: «*Va beh! Ormai non mi addormenterò più*».
Si alzò e indossata una tuta da ginnastica, un paio di scarpe da jogging e fece un pensiero: «*Magari vado a rompere le palle a Luca*».
Prese due birre dal frigo e si chiuse il portone alle spalle.
Attraversò il Terraglio e s'incamminò verso il bar "Stella d'Italia". Dietro l'angolo si trovava il panificio della piazza.

Notò la luce accesa e sbirciò all'interno: intravide il suo amico e picchiettò contro il vetro.
A grandi passi il panettiere si avvicinò alla porta, scostò la veneziana e, quando lo riconobbe, aprì la serratura e schiuse la porta.
«Le brioches non sono ancora pronte, scroccone! Dove vai a quest'ora?»
«Non sono qui per scroccare! Dai, ti do una mano!» disse il tecnico, mostrando all'amico le due birre.
Luca aprì la porta e con una sonora pacca sulla spalla gli rivolse un gran sorriso: *«Perfetto. L'impastatrice dovrebbe finire tra dieci minuti. Vuoi che ci fumiamo una cicca e ci beviamo la birra?»*
Era ancora buio e si misero seduti sulla panchina di fianco alla porta del panificio. Il muro, alle loro spalle, era stato decorato con un mosaico dai precedenti proprietari e rappresentava in stile postmoderno una pala da panettiere e un forno.
Angelo offrì una sigaretta all'amico. L'aria del mattino era ancora frizzantina ma piacevole.
Le auto che transitavano a quell'ora sulla statale erano rade e quelle che svoltavano in via Schiavonia erano ancora di meno; quindi, il silenzio era quasi assoluto.
«Perché non riesci a dormire?» gli chiese Luca senza tanti preamboli.
«Non avevo più sonno...», rispose vagamente Angelo.
«Una donna! Scommetto che dietro alla tua insonnia c'è una bella donna!» osservò il panettiere, attirando l'attenzione di Angelo.
«E dalla tua reazione ho centrato in pieno il problema!» concluse Luca.

Angelo aspirò una lunga boccata di fumo, guardò il suo amico che sorrideva e, sorridendo pure lui, disse: «*Porca puttana, è uno schianto!*»

«Se la vedi in biblioteca ti sembra una cozza, con 'sti occhialoni grandi, gonne lunghe, Clarks e maglioni informi... Ma ieri sera ha accettato il mio invito a mangiare una pizza. Non l'avevo quasi riconosciuta: si è presentata in jeans, camicia scollata, reggiseno di pizzo, scarpe con tacco, niente occhiali. Tutta un'altra roba!»

«Insomma, una topolona da biblioteca», sorrise Luca, compiacendosi della battuta, «*dove la sostanza c'è, anche se prima era nascosta! Ma da dove salta fuori questa super gnocca?*» gli chiese, osservando la brace della sigaretta.

«Tutto è cominciato da una strana fotocopia trovata per caso in una fotocopiatrice che stavo revisionando in vista di una vendita...»

Angelo cercò di essere il più vago possibile, convinto che, comunque, all'amico di storia e del Medioevo gliene fregasse ben poco.

Osservò la sua reazione e riprese: «*Te la faccio breve, perché sarebbe una storia lunga da raccontare...Vista la sua conoscenza in materia, l'ho coinvolta nello studio delle strane frasi che erano scritte su quel pezzo di carta. Lei mi è stata molto di aiuto. Allora, per sdebitarmi, cosa c'era meglio di una cena?*»

Guardandolo negli occhi, il fornaio gli chiese: *«Quindi avresti trovato il top..., la "donna di cultura" e anche una gran fig...».*

«Esattamente...», rispose Angelo, non facendogli finire la frase.

«Beh, non ti ho mai visto ridotto così finora. Quindi è andata a segno! Ma racconta: solo pizza, oppure c'è dell'altro?»
«Dovevo farle vedere delle foto e l'ho portata a casa mia», rispose mordendosi la lingua in attesa di una sicura risposta piccante.
«Allora hai concluso in bellezza! Brutto porco!» La risposta era arrivata. *«Non l'ho nemmeno sfiorata!»* replicò Angelo, alzando la voce.
«Allora sei uno sfigato, cazzo! Era tutto fatto, magari ci è rimasta male perché si era fatta un'idea...»
«E se, invece, avesse apprezzato questo mio comportamento, di quello che non ha il biglietto da visita con la scritta tipo: ti scopo al primo appuntamento?»
«C'eri tu lì con lei ieri sera. Da amico: so che sei un bravo ragazzo, forse un po' troppo introverso, ma ogni tanto bisogna darsi una botta di vita. Spero che ti richiami!»
«Tranquillo, Luca, ci dobbiamo vedere presto» gli rispose, alzandosi dalla panca, e spense la sigaretta nel posacenere posto sul davanzale della finestra.
Si alzò anche Luca e si incamminarono insieme all'interno del locale.
Lavandosi le mani, Luca riprese il discorso *«Sono curioso di conoscerla per vedere se è proprio come la descrivi. La prossima volta che devi andare in biblioteca a Treviso mi carichi in furgone e vengo anch'io».*
«Se la vedi lì, non capisci com'è veramente» replicò Angelo, prendendo le parti di impasto già frazionate da Luca in modo pressoché perfetto, perché la sua mano esperta, riusciva a dividere le parti di pasta con uno scarto di pochi grammi.

«Tranquillo, amico! Mi basta un'occhiata per capire se è una che spacca o è una cozza!» disse Luca, mentre recuperava lo stampo per le rosette da un cassetto.
«Ha parlato Casanova!» replicò Angelo.
Nel frattempo, il panettiere, controllata la temperatura del forno, aveva aperto lo sportello in ghisa per inserire la prima infornata di pane.
I suoi movimenti erano ormai diventati automatici e conferivano all'amico un aspetto quasi robotico: mosse coordinate e precise. Non sbagliava di un millimetro l'entrata della placca nell'apertura della bocca del forno e riusciva a farlo anche chiacchierando.
«Quindi pizza. Te la sei portata a casa...E poi, la serata è finita lì e basta».
Angelo arrossì: «*Dacci un taglio! Sei noioso e sordo! Oh! Ma ci sei? Mi hai ascoltato? Te l'ho già detto Luca*» continuò Angelo, «*Non è successo nulla. Abbiamo lavorato sulle ricerche di quelle scritte!*»
«Sarà, ma non mi convinci...» e scoppiò in una sonora risata.
L'amico non se la prese più di tanto, si conoscevano dai tempi delle elementari e avevano condiviso tutto: oltre a non avere segreti tra di loro, si erano sempre sostenuti a vicenda nei momenti difficili e avevano gioito insieme nelle buone occasioni.
«È una ricerca che ci appassiona entrambi» insistette Angelo.
«Sì, sì. Ho capito...» lo canzonò l'amico.
«Luca, piantala! Mi conosci! Non sono molto esperto di relazioni.»

«Come no! Sei quello che ha avuto più storie di tutto il resto della compagnia!»
«Ok. Lo ammetto! Ma sono finite tutte in breve tempo. Forse non ero convinto fino in fondo. Ma questa volta è diverso, mi rendo conto che mi ha messo k.o. Non so spiegarmelo, sembra quasi che mi abbia stregato!»
«Diamine! La cosa si fa seria!» rispose l'amico, proseguendo con la seconda informata: *«Sei cotto a puntino, come questo pane fra poco!»*

19

Venezia, Venerdì 11 Settembre 1987

Lavorare a Venezia aveva sempre il suo fascino, non c'era dubbio. Angelo si riteneva una persona fortunata quando aveva l'opportunità di visitare un paio di clienti nell'isola lagunare più famosa del mondo.
La città e i suoi abitanti offrivano un modo di vivere ad un'altra velocità, forse per la mancanza di auto, forse per l'indole dei veneziani, tranquilla e cordiale; quindi, ogni volta che tornava a percorrere calli e campielli, lui si rilassava.
Tuttavia, non era semplice andare per ponti e fondamenta con il carrello pieno di ricambi, e per questo motivo se n'è era costruito un apposito, in alluminio, leggero, robusto e maneggevole, ma abbastanza capiente da contenere la sua borsa degli attrezzi e l'aspiratoner. Poi, nella parte centrale,

aveva ricavato un vano per eventuali ricambi da portarsi appresso.

I vaporetti, specialmente d'estate, erano pieni di visitatori e non gli piaceva viaggiare nella calca. Il carrello, poi, non sempre riusciva a sistemarlo nel portabagagli dietro la cabina di guida.

Quando poteva perciò si spostava a piedi e il tempo che impiegava per arrivare dai clienti era per lui un'occasione per fare un po' di moto e contemporaneamente il turista.

Quel giorno doveva andare all'isola di San Giorgio, di fronte a San Marco; quindi, il vaporetto era davvero necessario; ma lo prese da Santa Maria del Giglio e fece una sola fermata.

Osservò tutta quella gente in movimento e ascoltava i veneziani chiacchierare amichevolmente o i turisti parlare in lingue incomprensibili, ciò lo faceva sentire veramente un po' gitante, anche se era a Venezia per lavoro.

Sceso dall'imbarcadero di San Giorgio, a pochi passi dal portone del monastero benedettino, suonò il campanello. Si presentò e prontamente sentì sbloccarsi l'apriporta.

Percorsi i due chiostri che separano il monastero dalla biblioteca, salì una ripida rampa di scale che portava all'archivio. Giunse in cima, ansimando un po' per la fatica, e sulla soglia della porta aperta trovò Padre Ermanno che lo condusse davanti alla fotocopiatrice.

«Guarda, la settimana scorsa aveva dato un paio di volte il codice C05, poi era ripartita. Ma da stamattina, non ne vuole più sapere di funzionare».

«Ok, ci penso io!» rispose Angelo tranquillizzando il religioso.

«Per qualsiasi cosa mi trovi in fondo al corridoio nella sala 11!» rispose quest'ultimo incamminandosi verso la stanza.
«Allora, a noi due!» disse sottovoce il tecnico, rivolgendosi amichevolmente alla Mita DC-2055 che aveva davanti.
Rimosso il pezzo guasto, si appoggiò sopra un tavolo per rimettere il filo corona.
Notò solo a quel punto, seduto al tavolo di fronte, un monaco intento a leggere: era sulla settantina, portava un grosso paio di occhiali dalla montatura quadrata e, nonostante l'età la sua capigliatura era folta e leggermente brizzolata.
Si concentrò sulla macchina e rimontato il pezzo accese il fotocopiatore...Segnava sempre il codice C05. Mannaggia, era saltato anche l'elevatore di tensione.
Prevedendo il possibile complicarsi dell'operazione, si era premunito portando con sé, nel vano porta-oggetti all'interno del carrello, anche un ricambio, di quelli che pazientemente smontava e riparava.
Purtroppo, il lavoro sarebbe durato più del previsto, perché togliere e rimettere l'elevatore significava dover smontare più parti della macchina: pazienza! Dopo aver tolto tutte le parti per poter agevolmente arrivare alla parte guasta, si accorse che il monaco che aveva di fronte lo stava osservando incuriosito.
Angelo non amava particolarmente essere controllato mentre lavorava, anzi, lo infastidiva al punto che gli avrebbe volentieri detto: *«Per caso, la lettura che ha di fronte è noiosa?»* Scelse però di ignorarlo e continuò a concentrarsi su quello che stava facendo.
Trascorsero un paio di minuti e se lo ritrovò vicino, intento a seguire con attenzione le sue operazioni.

Alzò la testa e, di fronte al suo sguardo interrogativo il monaco, con un sorriso disarmante, gli disse: «*Bravo, lavori in modo impeccabile! Hai tecnica e metodicità indispensabili per non dimenticare nemmeno una vite!*»
Fu spiazzato da quel complimento inaspettato.
«*Mi dilettavo anch'io fra circuiti elettrici e antenne di vario tipo alcuni anni fa. Adesso sembra che la tecnologia sia in continua evoluzione; comunque, io mi sono affidato più alla mente che a tutto quello che ci circonda. Con la mente puoi andare dovunque. Le macchine, le navi e gli aerei invece ti portano solo entro certi limiti!*»
Doveva essere stato, e lo era ancora, un ottimo relatore. Il suo modo di parlare e il timbro della voce catturavano l'attenzione e sicuramente si potevano passare delle ore ad ascoltarlo senza annoiarsi.
Il monaco strinse in quel momento il braccio ad Angelo e socchiuse gli occhi, quasi in uno stato di trance che durò pochi secondi.
Una volta riaperti, gli disse: «*Negli Atti degli apostoli è scritto: Dio volle che si manifestasse, non a tutto il popolo, ma a testimoni prescelti...Non dubitare riuscirai a vedere quella cosa che da giorni stai cercando, ma non lo farai da solo. C'è una donna che ti aiuterà e degli amici che ti guideranno. Stai comunque attento! Tutto dovrà rimanere segreto, quindi guardati le spalle. Di persone malvagie è piena la terra! Ne so qualcosa anch'io, purtroppo*».
Angelo rimase senza parole: quel monaco sembrava conoscere le vicende in cui era coinvolto finora e forse anche l'epilogo.

Inconsapevolmente e senza riflettere si ritrovò a spiegargli: «*Abbiamo trovato il diario del templare dove si descrive il luogo del...*»
Non riuscì a completare la frase, poiché il frate alzò la mano e riprese la parola: «*La ragazza ha già trovato quello che vi manca. Vedrete che sarà tutto molto semplice, più di quanto voi possiate immaginare! Ti devo salutare, sta arrivando un monaco ed è meglio che non veda che sto parlando con te. Che Dio vi assista!*»
S'incamminò verso il lungo corridoio e svoltò poco prima che dalla parte opposta spuntasse Padre Ermanno.
Angelo continuò a fissare il punto dove era sparito con uno sguardo sbigottito, tanto da attirare l'attenzione del monaco stesso che, guardandolo, gli chiese: «*Ci sono grossi problemi alla fotocopiatrice?*»
Angelo si riprese e negando con il capo, rispose: «*No, nessun problema, dieci minuti e la macchina sarà a posto!*»
Cercò di concentrarsi sul rimontaggio della macchina, ma era ancora sconvolto dalle parole che il monaco sconosciuto aveva proferito, considerando che non si erano mai incontrati prima d'ora.
Finito di rimontare tutto, si accorse che aveva avanzato un paio di viti, fatto strano, non gli era mai successo.

Era indeciso se ricontrollare accuratamente dove avesse dimenticato di riposizionarle, ma quel giorno andava tutto in modo diverso. Riaccese quindi la macchina e non presentava più il codice di errore; per scrupolo fece un po' di copie, constatando che la qualità era ottima.

Alla fine, compilò il consueto rapporto di intervento e fece un cenno a Padre Ermanno che lo accompagnò verso l'uscita. Procedettero in silenzio, finché Angelo cedette alla curiosità, e con finta noncuranza chiese: *«Scusi padre, fra i vostri confratelli c'è qualcuno con poteri, come dir, "strani" tipo prevedere il futuro?»*

«Ancora con queste storie! Siamo stati perseguitati da giornalisti fin troppo invadenti che indagavano sull' operato di un frate esorcista».

«Frate esorcista?» chiese Angelo con stupore.

«Sì! Padre Fernetti. Un grande! Un visionario o, meglio, un precursore! Tuttavia, il priore ci vieta di parlare con lui, anche se ciò, non gli impedisce di certo di agire come più gli aggrada».

Concluse l'osservazione senza aggiungere altro, solo una risatina sarcastica.

Angelo avrebbe voluto sapere qualcosa di più su quell'esorcista, ma ormai erano giunti al portone che dava al campo della chiesa. Salutato e ringraziato padre Ermanno, si diresse verso il pontile del vaporetto.

Il battello della linea 1 era appena passato, allora si sedette sulla panchina che dava sul Canal Grande. Osservare il tranquillo ondeggiare dell'acqua lo aiutò a riordinare i pensieri di quella mattinata, pesante e decisamente insolita.

Si accese una sigaretta e guardandosi intorno cercava un telefono: doveva chiamare Patrizia con urgenza.

Lungo la fondamenta che portava ai giardini dell'isola di San Giorgio vide un telefono pubblico e frugò nelle tasche in cerca di qualche moneta. Ne trovò una da 500 e una da 200 lire, sufficienti allo scopo. Sollevò la cornetta e compose il numero della biblioteca di Treviso: un numero che, ovviamente, a suo tempo, aveva memorizzato senza difficoltà.

Al terzo squillo rispose la persona che sperava ci fosse dall'altra parte dell'apparecchio: «*Patrizia? Ciao, sono Angelo!*»

«*Ciao! Ti avrei cercato, perché ho novità importanti da riferirti!*»

«*Lo so!*» le rispose subito, immaginando la curiosità che suscitava la sua risposta misteriosa. «*Senti, a che ora stacchi? Ti aspetto fuori della biblioteca*».

«*Oggi finisco alle quattro*».

«*Bene! Io sono a Venezia, il tempo di ritornare a Mestre e ti aspetto davanti alla chiesa di Sant'Agnese*».

*

Mentre fumava l'ennesima sigaretta, seduto sui gradini davanti alla chiesa, dando un'occhiata all'orologio, vide che erano le quattro, trascorse da cinque minuti.

Gli alunni, che frequentavano le lezioni pomeridiane della scuola a fianco, erano già usciti e la maggior parte di loro era rincasata. Si intratteneva soltanto qualche ritardatario.

Si aprì il portone dell'ingresso della biblioteca e Angelo vide uscire Patrizia: quel pomeriggio indossava una gonna a fiori e una camicia viola, le immancabili Clarks e i capelli raccolti con un grosso fermaglio di tartaruga.

Alzò la mano per farsi notare. Poi, gettato il mozzicone, si avvicinò.

«*Ciao! Mi spieghi cosa vuol dire: "So tutto"?*» chiese con un tono sostenuto.

«Me l'aspettavo questa tua reazione. Non ci crederai ma oggi, a Venezia, è successo qualcosa di strano, una storia che ha dell'incredibile. Ero dai monaci benedettini, sull'isola di San Giorgio, e ho incontrato un padre decisamente strano, che mi ha proferito queste testuali parole: "Riuscirai a vedere quella cosa che da giorni stai cercando, ma non lo farai da solo: c'è una donna che ti aiuterà e degli amici ti guideranno. Attento! Tutto dovrà rimanere segreto, quindi guardati le spalle, il mondo è pericoloso" ...o qualcosa del genere».

«Mi ha rassicurato, inoltre, che tu avevi già trovato ciò che cercavamo e che la soluzione, a quanto pare, era più vicina di quanto non credessimo!»

Patrizia lo guardava esterrefatta: «*Come faceva a sapere tutto? È proprio per questo che ti avevo cercato! Cioè, avvisarti che ho trovato...»*

Angelo alzò le braccia: «*Non ci capisco più niente... Da quello che mi ha detto padre Ermanno, lui è un esorcista, padre Fernetti mi pare si chiami!»*

La bibliotecaria, udito quel nome, si mise una mano sulla tempia e con aria molto seria gli rispose: «*Padre Romeo Fernetti è l'inventore del visore temporale, la macchina che poteva vedere nel tempo! Me ne aveva parlato il professor Bartolomeo. In un'intervista pubblicata dalla "Domenica del Corriere", mi sembra negli anni 70, egli spiegava l'invenzione del marchingegno: esso permetteva di vedere il passato in qualsiasi anno e di qualsiasi persona!»*

«Infatti, mi ha detto che si dilettava tra circuiti elettrici e antenne di vario tipo. Tutto questo alcuni anni fa. Adesso, afferma che si affida più alla mente che a tutto ciò che lo

circonda. Il suo motto potrebbe essere: "Con la mente puoi andare ovunque e dovunque!" E tu che hai scoperto?»

«Nel libro di cui ti avevo parlato ieri sera, mi era sfuggito un particolare! Sai, la notte scorsa, non riuscivo a prender sonno. Troppe emozioni, la somiglianza inverosimile con la donna del dipinto, tutte quelle che sembrano coincidenze di una ricerca di cui ormai, abbiamo tutte le indicazioni su come arrivare alla reliquia».

Angelo stava per rispondere che anche lui non aveva dormito, quando Patrizia aprì la borsa e gli fece vedere per un attimo il libro dei misteri irrisolti di Venezia. Subito se lo rimise nella tasca interna, preoccupata di tenerlo al sicuro, e, preso sottobraccio l'amico gli propose: *«Ti va di bere qualcosa? Così ti spiego tutto meglio!»*

«Of course!» rispose prontamente Angelo, e si incamminarono verso il primo bar, sotto i portici di Borgo Cavour.

Seduti ad un tavolino, lei gli allungò il libro e gli fece vedere il passo che gli aveva anticipato: *«Leggi qui!»*

Angelo lesse l'ultimo trafiletto della pagina:

«Da quale Altar Maggior, che più risplenda, Attendi il nome del fortunato visitatore?

E quale ferrea età chiamar ti puote? Te, che, qual visione ne le celesti note, genuflettiti di fronte alla apertura clave immagine fulgida creata da un fratello apostolo ispirato da un angelo».

Alzò la testa dal libro e guardò la bibliotecaria, facendole capire che non aveva compreso nulla di quello che aveva appena letto.

«Uffa, allora ti faccio un riassunto: in questa parte del libro, il cavaliere narra la sistemazione della reliquia a Venezia nell'isola di San Giovanni in Alga. In seguito, egli deve essersi spostato sulla terraferma e, per qualche strana coincidenza, qui dovrebbe aver incontrato Graziosa, la storpia di Conscio, a cui era apparsa la Madonna. Se ne deduce, che la stessa Madre celeste avesse lasciato alla veggente un messaggio da riferire al cavaliere e questo conferma la tua supposizione.

Alla luce di questa rivelazione, il soldato Giovannita con l'aiuto di qualcuno recuperò la reliquia da Venezia e decisa di nasconderla in seconda battuta in un altare nella chiesa di Preganziol, perché a Venezia era in pericolo, e serviva un luogo più isolato e protetto.»

«Quindi le nostre congetture erano fondate!» rispose a questo punto Angelo, *«ma mi sembra di capire che non c'è nulla di nuovo che non abbiamo già scoperto».*

«Invece, quello che hai appena letto, sono le istruzioni per aprire un altare e quindi giungere al segreto nascosto.

Per prima cosa sembra necessario inginocchiarsi davanti e trovare il sistema per aprire l'altare. All'interno ci dovrebbe essere una sacra immagine creata da un sedicente fratello apostolo, ispirato da un angelo!»

Si era tolta gli occhiali e lo guardava con gli occhi lucidi, in uno stato di confusione per tutti quegli elementi che ormai si incastravano perfettamente.

«Ora sappiamo tutto o quasi. Non ci resta che entrare in quella cripta e aprire quell'altare», rispose Angelo, che era consapevole della profonda agitazione che lo stava assalendo.

«Proprio così, mio caro!» continuò lei con un sorriso compiaciuto, *«La chiesa è quella di Preganziol, l'altare per l'ingresso alla cripta è quello di san Francesco. Lì da qualche parte ci dev'essere la serratura di una qualche "porta" per accedere ad un passaggio segreto...»*
«La chiave ce l'abbiamo: direi che possiamo andare!» concluse lui euforico.
«Ma pensi che sia possibile entrare in chiesa quando è chiusa al pubblico?» chiese dubbiosa la ragazza, toccandosi nervosamente una ciocca di capelli
«Ieri sera ti avevo parlato di Armando il sacrestano. Non c'è problema. Stasera stessa lo troverò da Cencio e ci accorderemo per una visita a strettissimo giro.»
La notizia le procurò un sorriso a cui Angelo non resistette: sfiorò con una carezza il collo della bibliotecaria, la baciò sulla guancia, e ne venne prontamente ricambiato.
«Appena hai delle novità fatti sentire! Non so se riuscirò a dormire anche stanotte!» si strinse nelle spalle e le promise di chiamarla la mattina seguente.
«Aspetto una tua telefonata alle 8:30, appena aperta la biblioteca!»

*

Quella sera da Cencio, alla televisione, un telegiornale in chiusura riferiva la notizia della morte di Peter Tosh: nessuno era amante della musica Reggae e il fatto non suscitò interesse tra i presenti.

Tra i soliti scarti di scopa, il Bobe aveva raccontato l'aneddoto dei salami.

«Una sera non sapevamo dove andare, avevamo una fame da lupi, ma nulla in tasca. Allora al fratello di Armando è balenata un'idea geniale e ci disse: "Io vado a casa, venite tra mezz'ora da me."

Tornato a casa, disse a sua madre che aveva mal di testa e andava a letto.

Giunti a casa sua, dopo mezz'ora, ci aspettava affacciato ad una finestra del piano superiore con due salami in mano presi dalla sua cantina. Ce li lanciò al volo e ci disse di chiamare sua madre e di dirle che avevamo portato due salami da mangiare in compagnia e di chiamare, se non stava troppo male, anche lui...Quindi, festa per tutti! Polenta, vino e salame nostrano in compagnia.

Ad un certo punto, sua madre con la bocca piena disse: «Che buoni questi salami... Sembrano i nostri!»

«Eh signora..., i salami de casada i se someja tutti![20]»

La serata andò avanti tra punteggi abbastanza regolari tra le due squadre, con un Angelo un po' taciturno. Stava valutando tra sé quando fosse il momento propizio per chiedere ad Armando il permesso per entrare in chiesa.

[20] I salami fatti in casa si assomigliano tutti!

Trovò il coraggio quando il Bobe e Silvano erano già andati a casa e Angelo si intrattenne un altro po' in compagnia del sacrestano.
Prese fiato e disse: «*Senti! Ti devo chiedere un favore, ma non so se me lo potrai concedere!*»
«*Perché dovrei negartelo? Con tutti i piaceri che mi fai... Spara!*»
«*Dovresti chiudermi dentro in chiesa, perché dovrei controllare una cosa...*»
«*Nessun problema! Domenica durante la Messa vespertina entri dalla sacrestia e ti fiondi nel ballatoio dell'organo, su nella cantoria dismessa; poi, quando finisce la Messa ed escono tutti, io esco dal portone centrale e lascio chiusa da dentro la porta della sacrestia. Finito tutto, uscirai da lì*».
«*Domenica, intendi dopodomani?*» chiese Angelo, esterrefatto della risposta, poiché l'amico aveva acconsentito senza porre nessuna domanda.
«*Esatto! Domenica 13 settembre. Non ti va bene?*»
«*Certo! Certo che sì. Pensavo ci fossero problemi per una richiesta del genere. Non mi aspettavo una risposta positiva e tanto celere!*»
«*Sarò sincero con te: la tua richiesta in qualche modo me l'aspettavo. Dopo tutte quelle domande sulla chiesa, i quadri e i cavalieri*» rispose Armando.
«*Sì ma sapendo quanto ci tieni e sei geloso della "tua" chiesa...*»
«*Lo ammetto. Nessuno entra senza il mio permesso, specialmente senza la mia presenza! Ma questa è un'eccezione. Diciamo che ero preparato alla richiesta*».

Angelo guardò la sigaretta che aveva in mano ma che non aveva ancora acceso. Appoggiato ad una coppia di colonne che reggevano la balaustra superiore, ancora incredulo, disse: «*Cosa significa che eri preparato alla mia richiesta?*»
Armando in tono solenne rispose: «*Ora posso solo dirti, che il caso non esiste ed è giunto il momento della rivelazione...Non farmi altre domande!*»
Angelo accettò la risposta, ma aggiunse: «*un'ultima precisazione: non sarò da solo...*»
«*Lo so! Sei in compagnia!*» fu la risposta ancora più sibillina del sacrestano.
Ad Angelo cedettero le ginocchia e si sedette su una sedia di vimini, che stava in un angolo all'ingresso del bar.
«*Scusa, capisco che posso averti confuso!*» riprese Armando, «*La storia sarebbe un po' lunga da spiegare: ti posso solo anticipare che alcuni indizi ve li abbiamo fatti trovare!*»
Angelo cominciò a riflettere per mettere insieme i vari pezzi del puzzle:
«*Allora, fammi capire, quei riferimenti che Patrizia ha trovato nel libro...quel libro che era tra i libri restituiti in biblioteca. Deduco che non era lì per caso, giusto?*» Tacque per un istante, tenendosi la testa fra le mani e fissando un punto sul pavimento, poi continuò: «*Quindi il diario di cui mi parlavi la settimana scorsa non è stato distrutto! Vero?*»
Armando con il suo sorriso sornione fece capire all'amico che tutte le sue ultime supposizioni erano esatte.
«*Anche il pezzetto di carta che ho trovato all'interno della tela della Maddalena con il resto delle parole per sapere della chiesa e dell'altare...*»

«Beh!» rispose il sacrestano *«per essere precisi, quell'indizio, lo ha nascosto proprio il cavaliere in persona!»*
«Sembra una storia inverosimile e incredibile! Ma perché proprio io e Patrizia?»
«A tempo debito ti spiegherò tutto quello che non siete riusciti a comprendere!» gli rispose Armando, dandogli una pacca sulla spalla.

20

Preganziol, Domenica 13 Settembre 1987

Armando aveva lasciato i due giovani all'interno della chiesa dopo la messa vespertina, come preannunciato.
Chiusa la porta principale, suggerì ad Angelo di chiudersi dentro, mettendo il catenaccio alla porta della sacrestia. Poi sarebbero dovuti uscire da quella stessa porta ed egli stesso l'avrebbe sprangata solo dopo la mezzanotte.
Aveva avuto l'accortezza di lasciare accesa la luce sotto la balaustra dell'organo in modo che, quando fossero usciti, non si sarebbero trovati al buio.
Erano le 20:30, il campanile aveva appena battuto la mezz'ora.
Scesero la stretta scala di legno che conduceva alla balaustra dell'organo, passarono per lo spogliatoio dei chierichetti e, prima di uscire dalla sacrestia, Angelo si fermò davanti al

quadro elettrico della chiesa. Individuò l'interruttore con il cartellino "Altare San Francesco". Accese i due tubi al neon posti ai lati, per avere un po' di luce in più, rimanendo comunque non visibili dall'esterno.
Il cigolio dei cardini della porta riecheggiò all'interno della chiesa vuota e silenziosa. Si poteva sentire ancora più intenso il gradevole profumo degli incensi bruciati da tempo.
Le pareti dell'edificio erano ancora ornate a festa con i drappi rossi su tutte le colonne. Dall'altare maggiore scendevano due lunghissime tende dello stesso colore dei drappi. Due putti intagliati e dorati in legno, le tenevano aperte davanti alla pala centrale.
La sagra della Madonna della Cintura si era appena conclusa. La statua di legno, dopo essere stata per una settimana al centro della chiesa, era stata riposta nella sua nicchia sul lato destro della navata.
In settimana sarebbero stati tolti anche tutti gli altri addobbi.
Raggiunsero in silenzio l'altare di San Francesco e cercarono la feritoia dello scalino sul lato sinistro, quello dove il bambino aveva lasciato cadere la moneta. Dopo averla individuata, Angelo puntò la torcia verso il fianco dell'altare, in cerca della toppa in cui inserire la chiave.
Il fascio di luce non metteva in evidenza nessuna serratura o altro che fungesse allo scopo. Dopo vari tentativi, lui mise una mano nel taschino frontale del giubbotto senza maniche ed estrasse uno specchietto da dentista, che lui utilizzava per osservare negli angoli remoti delle sue fotocopiatrici….
Patrizia stranita gli chiese: «*Che ci devi fare con quello? Un' ispezione odontoiatrica?*»

«Se pensi un attimo», rispose Angelo, *«sulla fotocopia cosa c'è scritto?»*

Non finì la frase che Patrizia recitò a memoria: *«sinistro latere occultata clavis...»*

«Appunto! La chiave è nascosta nella parte sinistra. Ecco cosa voleva dire!» E le fece l'occhiolino.

«Perfetto! Cosa aspettiamo allora? Muoviamoci!»

Con lo specchietto riuscì a vedere la toppa, collocata in un angolo dello spigolo. Dall'altra tasca estrasse una chiave in ferro, fatta artigianalmente, con uno snodo come quella della fotocopia e simile a quella delle ante dell'armadio della sua camera.

«Pensi che quella chiave possa andare bene?»

Angelo posò la chiave sul palmo della mano e gliela mostrò.

«Ti ricordi la chiave degli scavi di Tempio? Aveva l'impugnatura staccata dalla base ma forgiata a mo' di anello. Quel reperto di ferro sotterrato da più di cinquecento anni non mi avrebbe dato fiducia sul suo possibile funzionamento. Per fortuna nostra, la foto della chiave nel libro era stata scattata avendo vicino una scala numerata e quindi ho potuto prendere le misure. Mi sono ricordato che le chiavi dell'armadio della mia camera sono fatte nello stesso modo, con un'impugnatura che ruota. Confrontate le misure con quelle dell'originale, ho visto che le prime sarebbero state troppo piccole. Allora ho chiesto a mio zio, meccanico, che in dieci minuti ha creato questa chiave che tengo in mano, con le misure esatte. È un po' grezza ma dovrebbe funzionare!»

Patrizia, che era restata in silenzio ad ascoltare, gli mise un braccio intorno al collo e disse: «*Sei proprio un genio. Sempre se funziona...E se funziona, poi io penso al resto!*»
Era così vicina che gli dette un bacio sulla guancia a sorpresa: «*Questo te lo sei meritato! Dai, muoviamoci!*»
Colto di sorpresa da quella reazione, cercò di concentrarsi. Con i polpastrelli cercò la toppa e provò a inserire la chiave facendosi guidare dal tatto.
Non fu difficile: la chiave entrò senza difficoltà, ma l'azione più impegnativa era sicuramente quella di farla girare.
Fece mezzo giro, poi sentì una resistenza maggiore: entrata nella toppa, ora l'impugnatura della chiave era dritta e ciò gli permetteva di agire con più forza.
Cercando di non metterci troppa energia, provò a far scattare la serratura ma non sentì nessun rumore. Provò allora a farla ruotare nel senso inverso e dopo una spinta decisa si udì un rumore secco.
Si guardarono intorno, se per caso si fosse mosso qualcosa da qualche parte, ma non videro nulla di strano.
Così Angelo prese a dare dei colpetti al gradino dove c'era la fessura: dopo poco con un rumore sordo, i due scalini si capovolsero ruotando verso l'altare, sollevando una piccola nuvola di polvere e rivelando una stretta apertura.
Sobbalzarono dalla sorpresa. Angelo puntò la torcia verso l'apertura e vide che i primi due scalini, ruotando, erano diventati i primi due gradini di una scala che ora scendeva all'interno, sotto l'altare, per poi finire su un pianerottolo che conduceva ad un ipogeo verso il centro della navata.

Sentirono un odore che proveniva dall'interno: stranamente, non era l'odore di stantio che ci si poteva aspettare in un luogo chiuso da centinaia di anni.

Patrizia guardò Angelo, e gli chiese sottovoce: «*Angelo! Lo senti anche tu questo profumo? Lo riconosco! È essenza di nardo!*»

La guardò perplesso: «*Sì, nardo. È un olio ricavato dalla radice di una pianta, usato fin dai tempi antichi, citato anche in un passo del Vangelo di Giovanni quando Maria di Magdala lo versò sui piedi di Gesù!*»

«*Scusa... e tu come fai a riconoscerlo?*»

«*È unico!*» rispose, «*me lo portò la mia mamma di ritorno da un pellegrinaggio in Terrasanta organizzato da Don Giovanni, parroco di Carbonera*».

Parlò tutto d'un fiato, poi trasse un gran respiro per odorare quell'essenza preziosa e ricercata.

«*Pensa che al tempo di Cristo un semplice vasetto di una varietà di quest'olio, costava come il salario di un anno!*»

«*Don Giovanni di Carbonera, lo conosco! È nostro cliente, bene! È un ottimo inizio. Ora vediamo di entrare in questo pertugio*».

Capì che per entrare, non essendoci spazio sufficiente in altezza, dovevano scendere le scale carponi e pure di schiena. Si mise la torcia in bocca e mise un piede sul primo gradino. Sentì uno scricchiolio, ma gli sembrò che la scala potesse reggere il suo peso.

Scese un gradino alla volta, quasi alla cieca, e quando sentì il pavimento del pianerottolo riuscì a rialzarsi in piedi. Riprese in mano la torcia e si guardò intorno.

Da lì non si vedeva molto, se non un'altra scala che scendeva ancora: contò sette gradini.

Dopo una rapida occhiata invitò anche Patrizia a scendere.

Puntò la torcia sui gradini, in modo che potesse vedere dove metteva i piedi, e una volta raggiunto, poterono ammirare quello che stava lì, sotto i loro piedi e ignorato dal resto del mondo.

Si trattava di una cripta, costruita sotto la vecchia chiesa, infatti c'era un corridoio che portava verso il portone di ingresso in corrispondenza della navata centrale del primo edificio. La cripta era interamente di marmo, pavimento e pareti. Una serie di colonne sovrastate da capitelli di diversa foggia reggeva il pavimento dell'aula sovrastante.

I due si guardavano in giro attoniti: «*Guarda il pavimento è maiolica policroma!*» disse Patrizia. Angelo puntò la torcia e ne illuminò la superficie: ai lati del corridoio erano raffigurate due file di tralci carichi di grappoli di uva; le colonne in marmo bianco sorreggevano delle arcate, le cui volte erano dipinte di un blu cobalto, tal che sembrava tempestato di lapislazzuli, a raffigurare un firmamento dove stelle dorate riflettevano la luce della torcia.

Erano incantati e contemplavano in silenzio quell'opera straordinaria.

Angelo diresse il fascio di luce verso la fine di quel corridoio, che sembrava condurre ad una stanza più grande.

Vi si diressero lentamente, continuando ad ammirare tutto quel fulgore. Giunsero in una cappella, al cui centro si ergevano due pilastri monolitici in marmo rosso di Verona di base ottagonale, verosimilmente di epoca longobarda, molto simili a quelli a del tempio di Ormelle.

Un altare di marmo occupava la parte destra, sovrastato da un'edicola, sempre dello stesso materiale. Infine, due statue di soldati, con la funzione di cariatidi, sorreggevano il timpano sul quale era raffigurato un pavone.

«*Guarda!*» disse Patrizia, «*i due soldati del racconto e gli artefici di questa meraviglia. Ma ci sono delle cose che non mi tornano: La cripta dovrebbe trovarsi sotto l'altare maggiore. Qui siamo più o meno davanti al portone di ingresso della chiesa e in questo punto, a spanne, siamo proprio in corrispondenza dell'acquasantiera di marmo che è collocata all'inizio della navata*».

«*Hai ragione!*» osservò Angelo. «*Però devi sapere che nel 1400 questa chiesa era orientata come tutte le chiese di quel tempo con il coro verso est. La mappa che c'è proprio sopra la fotocopiatrice in biblioteca indica la chiesa come era nel in quel periodo. Infatti, un tempo sopra di noi era situato l'altare maggiore. Una cosa, però, ancora non capisco: quel pavone, che richiama quello nella fotocopia...*»

«*Ci sono!*» esclamò Patrizia, sempre più entusiasta, «*Il pavone è simbolo della resurrezione e della vita eterna*».

«*Per la sua bellezza è stato raffigurato in molti preziosi mosaici rinvenuti nelle dimore dei patrizi romani, per i quali simboleggiava l'incorruttibilità. Si riteneva che le sue carni, in particolari condizioni, non sarebbero mai andate in decomposizione: per questo era considerato anche come un simbolo di immortalità. La straordinarietà di questo uccello non finiva qui. Il fatto che nella stagione invernale perdesse le piume e in primavera ne acquistasse di nuove, addirittura ancora più belle, fece sì che il mondo cristiano dei primi*

secoli lo adottasse come simbolo di resurrezione. Simboleggia il Cristo risorto!»
Poi i loro sguardi si concentrarono sull'altare.
Due candelabri ai lati, e al centro un leggio di legno con un grosso libro aperto su una pagina interamente miniata.
Patrizia, incantata dalla bellezza del libro, si concentrò nella lettura della pagina aperta: non osava toccarlo.
«*È un salmo. "Dominus illuminatio mea et salus mea; quem timebo? Dominus protector vitae meae; a quo trepidabo? Dum appropiant super me nocentes, ut edant carnes meas; qui tribulant me et inimici mei, ipsi infirmati sunt et ceciderunt..... Exaudi, Domine, vocem meam, qua clamavi; miserere mei et exaudi me. De te dixit cor meum"* » Patrizia si fermò un istante e constatò che mancava una parte del versetto e proseguì:«"*Quoniam pater meus et mater mea dereliquerunt me, Dominus autem assumpsit me. Ostende mihi, Domine, viam tuam et dirige me in semitam rectam propter inimicos meos."*»
«*Rallenta!*» le intimò Angelo a quel punto: «*Prendi fiato! Non dev'essere difficile trovare la parte mancante, che poi potrebbe essere la soluzione di tutto*».
«*Aspetta, facciamo luce!*»
Estrasse l'accendino dalla tasca. Stava per accendere le candele poste ai lati del leggio, quando Patrizia esclamò: «*Che fai? Sono candele con più di cinquecento anni!*»
«*E allora? Le candele sono fatte di cera o di sego: cinquecento anni fa esistevano le api e anche il grasso animale...E poi la luce delle candele rilassa: ti aiuterà a concentrarti. Dai, magari sono anche profumate!*»

«Te ne concedo una», rispose la ragazza, *«sono troppo preziose».*
Il grosso stoppino una volta acceso dava una luce intensa a quel luogo sacro. Il colore ambrato della fiamma riuscì a calmare un pochino le emozioni dei due ragazzi.
«Ascolta: prova a tradurre il salmo, magari dalla traduzione ci viene in mente la parte mancante».
«Il Signore è mia luce e mia salvezza, di chi avrò paura? Il Signore è mia difesa della mia vita, di chi avrò timore?»
Si guardarono: entrambi lo conoscevano e quel salmo lo avevano già sentito molte volte. Patrizia continuò: *«Quando mi assalgono i malvagi per straziarmi la carne, sono essi, avversari e nemici, a inciampare e cadere. Se contro di me si accampa un esercito, il mio cuore non teme; se contro di me divampa la battaglia, anche allora ho fiducia. Una cosa ho chiesto al Signore, questa sola io cerco: abitare nella casa del Signore tutti i giorni della mia vita, per gustare la dolcezza del Signore ed ammirare il suo santuario».*
A questo punto si guardarono negli occhi ed esclamarono insieme: *«Il salmo 26, versetto 8. Giusto?»*
«Di te ha detto il mio cuore: Cercate il suo volto; il tuo volto, Signore, io cerco. Non nascondermi il tuo volto, non respingere con ira il tuo servo. Sei tu il mio aiuto, non lasciarmi, non abbandonarmi, Dio della mia salvezza».
«Questo dovevano nascondere! Più prezioso del Sacro Graal e di qualsiasi altra reliquia».
«Potrebbe esserci una sorta di sudario della Veronica, nascosto da qualche parte».

Sentirono un rumore proveniente da sopra. Si turbarono, perché si erano chiusi dentro alla chiesa e al di fuori del sacrestano nessuno aveva le chiavi per entrare.
Aspettarono un attimo per capire se fosse stato un rumore proveniente dall'esterno oppure se effettivamente qualcuno era entrato.
Attesero un paio di minuti e non sentendo più nulla proseguirono le loro ricerche.
«Questo sembrerebbe proprio il libro del soldato Giovannita, il custode del segreto, il libro che si dava per bruciato, quello narrato nei libri dei misteri.
Ecco il libro intero con tutto il suo racconto. Guarda qui, c'è la parte del diario e qui le citazioni del Vangelo. Qualcuno deve aver raccolto da questo libro gli indizi che ci hanno portato fin qui.»
«Ma che strano! Hai notato che non c'è un filo di polvere, nemmeno una ragnatela in questo posto? È impossibile che qui non sia mai venuto nessuno per cinque secoli», osservò la bibliotecaria perplessa.
«Effettivamente, io mi sono fatto un'idea. Non è possibile che abbiamo trovato più indizi noi due in una settimana, che altri in tutti gli anni passati...Ci dev'essere più di qualche custode che veglia sul segreto e lo tiene nascosto e lontano da possibili saccheggiatori!»
«Tutto questo mi commuove!» rispose Patrizia con gli occhi lucidi *«non riesco ancora a capire perché proprio noi abbiamo avuto questo privilegio, io sarei già contenta così!»*
«Effettivamente a volte sapere cose che il mondo non conosce è pericoloso, ma avere l'onore e l'onere di custodire il segreto è un incarico che viene dall'alto!» Con questa frase Angelo

realizzò per la prima volta di essere profondamente coinvolto in una vicenda che forse aveva preso, dall'inizio, come un gioco, una specie di caccia al tesoro.

«Ma ora ho paura!» confessò Angelo, *«forse ho preso troppo alla leggera tutto questo!»*

Patrizia si avvicinò e lo abbracciò, stringendolo forte.

«Dobbiamo aiutarci a vicenda, anch'io adesso ho paura!»

L'abbraccio della compagna gli trasmise sicurezza, e ricambiò con trasporto l'abbraccio.

«Ora cosa facciamo? Continuiamo la lettura del libro, ci dovrebbe dare le indicazioni per aprire l'altare!»

La penombra data dalla candela e il profumo sempre presente di nardo diedero nuova forza ai due giovani che si concentrarono nuovamente sul libro.

«Guarda qui: c'è la parte del diario del soldato».

Lesse ad alta voce: "*et **I**o angelo de zugliani, in lo prefacto viaggio **C**avaliere al servizio di **X**risto, ho portato a **C**ompimento il mio incarico e scripto tucte le sopraddette cosse a le quali fui presente, e ho scripto qui de mia mano."*

Si fermò un attimo e riprese: *«C'è una cosa strana, guarda! Alcune iniziali sono state ripassate più volte con il pennino quasi a sembrare in grassetto, nemmeno Angelo ha la a maiuscola... Ah! Forse ci sono! Sono le quattro iniziali IC XC! Un Cristogramma! La scritta "Gesù Cristo" in greco!»*

Videro in quel momento che sulla parte frontale dell'altare c'era un'iscrizione.

ΙΗΣΟΥC ΧΡΙΣΤΟC

Angelo la esaminò con attenzione e notò che alcune lettere erano leggermente sporgenti rispetto alle altre. “*Guarda, le lettere a cui ti riferisci in questa scritta sono più in rilievo rispetto alle altre: sembrano dei pulsanti!»*
«...et genuflexo con il mio amico ringraziamo Dio!» aggiunse lei: *«Per aprire l'altare bisogna premere contemporaneamente tutte le quattro lettere e una persona sola non potrebbe farlo, bisogna essere in due in ginocchio davanti all'altare!»*
Angelo e Patrizia finalmente compresero cosa dovevano fare e, inginocchiati davanti all'altare della cripta, si guardarono negli occhi, non avevano il coraggio di parlare. Il momento così atteso era giunto.

21

Preganziol, Domenica 13 Settembre 1987 ore 21:30

«Non vorrei disturbare un momento così cruciale...»
Si voltarono di scatto e videro dietro di loro il bibliotecario.
«Mauro! Che ci fai qui?» chiese Patrizia, sconvolta della sua presenza.
«Pensavate davvero che mi sarei perso questo momento? È da un pezzo che vi sto alle calcagna. Siete proprio sciocchi! Non ve ne siete accorti, ma le vostre ricerche hanno attirato la mia attenzione e poi non è stato difficile seguire le vostre mosse!»
Angelo, che era rimasto in silenzio, gli puntò il dito contro.
«Adesso si spiega tutto! Ha origliato le nostre conversazioni!» «È impossibile!» ribatté Patrizia *«Quando discutevamo delle ricerche, lui, non era mai nei paraggi».*

«Ecco come faceva! La radiolina sopra il tavolo in biblioteca era una radiospia e il suo apparecchio acustico è il ricevitore! Lui ci sente benissimo!»

«E bravo il nostro tecnico!» disse simulando un applauso *«Ma sei arrivato in ritardo! Adesso fatemi vedere che meraviglia c'è qui dentro, così potrò finalmente fare un sacco di soldi!»*

Angelo stava per saltargli addosso, quando il bibliotecario estrasse dalla tasca una pistola a canna corta.

«Sta' fermo dove sei! Mi credi uno sprovveduto? Avevo immaginato la vostra reazione! Come quella del sacrestano!»

Angelo, spaventato, si ritrasse, alzò le mani e guardando Patrizia la vide stranamente tranquilla.

«Angelo, obbedisci per favore...Facciamogli vedere cosa c'è lì dentro», gli disse, prendendolo per mano.

Si disposero davanti all'altare e si inginocchiarono.

Angelo la guardava, preoccupato dalla piega presa dagli eventi. Lei invece restava impassibile, come se sapesse già come sarebbero andate le cose.

Nell'ultimo sguardo, prima di abbassare la testa, Patrizia gli strizzò l'occhio.

«Ecco, bravi, fate come vi dico e non vi succederà nulla...» disse, con spavalderia, il bibliotecario.

Alzarono le mani e Angelo pose la mano sinistra sulla I e quella destra sulla C, Patrizia invece, la mano sinistra sulla X e quella destra sulla C.

Un ultimo sguardo, abbassarono il capo e, dopo aver contato fino a tre, premettero contemporaneamente le lettere dell'iscrizione.

Udirono un rumore sordo, il coperchio dell'altare si aprì di qualche centimetro. Ne uscì un fumo denso che odorava di incenso.

Sollevarono la testa e rimasero stupiti dall'intensità con la quale il fumo usciva dall'altare: sembrava quasi che qualcosa soffiasse dall'interno.

«Ah, molto bene! Anche l'incenso a benedire questo momento!» disse il bibliotecario.

Furono le sue ultime parole prima di stramazzare al suolo, privo di sensi.

«Resta giù e trattieni il respiro!» ordinò Patrizia, afferrando la mano di Angelo.

Lui la guardò attonito e lei riprese: *«Non è incenso! Anche se ha il suo caratteristico odore. Guarda, è più leggero dell'aria! Sale anziché scendere!»*

«Quindi potrebbe essere un gas velenoso?» chiese Angelo, tappandosi naso e bocca.

Patrizia coprendosi anche lei con un fazzoletto continuò: *«Penso di sì! Dev'essere una sorta di antifurto e un richiamo a venerare quello che c'è qui dentro invece di arraffare tutto, come farebbe un ladro. Rimaniamo in ginocchio fino a che il gas non sarà uscito del tutto dalla cripta. Restiamo in silenzio e ringraziamo i due cavalieri per il messaggio di benvenuto».*

«Angelo e Alvise! I nomi di cui parlava il nonno di Armando, quei due raffigurati nella pala della Madonna». concluse Angelo.

Udì la conferma di Patrizia, abbassò la testa e seguì il consiglio: la preghiera lo aiutò a rilassarsi e a gestire tutte le emozioni che gli passavano per la testa.

Era quasi entrato in catalessi, ma si destò quando Patrizia lo toccò sulla spalla.
«Possiamo alzarci! È ritornato il profumo del nardo!»
Ritornò in piedi assicurandosi che il bibliotecario non fosse morto. Estrasse da un taschino del gilet un paio di cordini che, con chissà quale presentimento, aveva raccolto prima di uscire. Legò i polsi e i piedi al bibliotecario, approfittando del suo completo intontimento.
«E adesso cosa ne facciamo di questo?» chiese Patrizia.
«Boh! Ci penseremo più tardi. Anzi no! Aspetta un momento: pensi che abbia agito da solo, oppure abbia qualche complice?»
«Per quello che lo conosco è assolutamente un solitario, non credo che abbia nemmeno amici...»
«Senti, cosa dici se do un'occhiata al piano di sopra? Non mi sento al sicuro. Sono preoccupato per Armando, il sacrestano: non so cosa possa avergli fatto questo qui. E poi come ha fatto ad entrare in chiesa?»
«Non hai tutti i torti, andiamo a dare un'occhiata! E portiamo questo farabutto fuori di qui».
Angelo lo caricò in spalla, senza grande sforzo, per poi appoggiarlo sulle scale. Trascinandolo per le spalle, uscirono dalla botola dell'altare: si bloccarono entrambi, trattenendo il respiro: avevano sentito chiaramente un rumore che proveniva da un confessionale.
Sembrava che all'interno ci fosse qualcuno che picchiettasse: rimasero in ascolto e Angelo riuscì a distinguere distintamente il rumore.

«È Armando, il sacrestano! Riconosco il motivetto! Lo fa sempre quando sta perdendo a scopa e diventa un po' nervoso...»

Aprì la porta del confessore con sicurezza e lo trovò legato, con un cappuccio in testa.

Gli sfilò il cappuccio e strappò il nastro che gli tappava la bocca, l'amico trasse un gran respiro e con voce stentorea disse: *«Dio sia lodato! Scusatemi, non sono riuscito a fermarlo! Era armato. Spero che non vi abbia fatto nulla quel bastardo!»*

Quando lo vide sdraiato, privo di sensi e legato, vicino ad un banco della chiesa dove lo aveva lasciato Angelo, Armando esclamò: *«Vado a scavare una fossa!»*

«Calmati, Armando, non è morto: ha soltanto perso i sensi. Quando ci ha ordinato di aprire l'altare è uscito un gas narcotizzante, che lo ha investito ed è stramazzato al suolo!»

«Datelo a me quel delinquente! Ho in mente un luogo dove portarlo! Voi andate a terminare quello che avevate iniziato e ricordatevi di rimettere tutto a posto».

Mentre parlava si sfregava i polsi doloranti. La corda troppo stretta gli aveva inciso la pelle. Con la rabbia che portava in serbo si sarebbe volentieri fatto giustizia.

«Grazie, Armando, ti devo una sambuca!» disse Angelo, appoggiando la sua mano con affetto e riconoscenza sulla spalla del sacrestano.

«Non pensare di cavartela con una sambuca!» si sentì rispondere.

Armando, data la sua mole si caricò con facilità il magrolino bibliotecario e uscì dalla sacrestia, mentre Angelo, dopo aver

richiuso la stessa porta, arrotolò il cordino che aveva legato i polsi dell'amico e se lo mise in un taschino del gilet.
Patrizia che fino a quel momento aveva seguito in silenzio il dialogo fra i due amici, seguendo il suo compagno verso la botola dell'altare domandò: *«Ma allora Armando, il sacrestano, conosce questo posto?»*
«Sembra proprio di sì...Quando gli ho chiesto se potessimo entrare in chiesa, non ha sollevato nessuna obiezione come se conoscesse già le nostre intenzioni».
«Bene, adesso non ci resta che guardare cosa contiene l'altare della cripta!»
Ritornarono davanti all'altare e notarono che la mensa era sollevata di alcuni centimetri. Angelo puntò la torcia all'interno e vide due chiavistelli che tenevano fissata la lastra di marmo e provò a tirarne uno.
Con facilità si sfilò dalla sua sede; fece la stessa cosa con l'altro e constatò che il piano della mensa si poteva sollevare. Lo spostò di alcuni centimetri, in modo da poterlo afferrare dai lati e poi chiese aiuto a Patrizia.
«Sei pronta?» Un cenno della testa e sollevarono la pesante lastra di marmo, ponendola a fianco dell'altare.
Le emozioni che provavano erano intense, ormai erano giunti alla fine della loro strana missione. Per farsi coraggio si presero per mano e si affacciarono sul bordo dell'altare.
Una cassa di legno era appoggiata sul fondo, ai lati erano collocati i due congegni responsabili dell'uscita dei gas, due mantici attivati da due pesi ai quali era collegato un sistema di leve per consentirne la fuoriuscita.

«Decisamente ingegnoso! Grazie!» disse guardando le due statue ai lati dell'altare, *«Credo che avessero previsto come sarebbero andate le cose!»*

Sollevarono insieme il baule e lo appoggiarono alla base dell'altare.

Era costruito interamente in legno di robinia, a prima vista sembrava non avesse chiodi. Sul coperchio di forma cilindrica, che ricordava una botte, erano visibili le uniche parti in metallo: due cerniere del coperchio forgiate e lavorate a sbalzo.

Si guardarono negli occhi e con mani tremanti provarono a sollevare il coperchio: non era sigillato, non c'era alcuna serratura, solo una manopola frontale, con una serie di numeri da 0 a 9.

«E adesso che si fa?» chiese Angelo *«Hai per caso la combinazione di questa serratura?»*

«Naturalmente!» rispose sempre con un sorriso Patrizia. *«È facile e la conosci anche tu».*

Angelo la guardò e dopo pochi secondi realizzò: *«Aspetta, cavolo! Hai ragione! Sono sempre i numeri del salmo 26, versetto 8: i numeri scritti anche sulla fotocopia».*

Il cenno della testa di Patrizia confermò la sua risposta e lei si avvicinò alla manopola, provò a ruotarla leggermente verso destra e vide che girava agevolmente benché fosse ferma lì chissà da quanti anni.

«È proprio come una cassaforte...Che avessero già inventato il congegno a combinazione a quel tempo?»

«Si vede proprio di sì...»

Ora Angelo provò a ruotare la manopola verso sinistra fino a raggiungere il due, poi verso destra fino al sei e poi verso sinistra e si fermò sull'otto.
Sentirono un click e soddisfatti provarono ad alzare il coperchio che si aprì senza difficoltà.
Trattenendo il respiro, i due ragazzi guardarono all'interno: un telo di lino copriva una sagoma che sembrava di legno.
Aperto completamente il baule, senza proferire parola, ne estrassero il contenuto. Ancora coperta dal tessuto si intuiva che fosse una figura a mezzo busto di legno.
Ora tremavano entrambi per l'emozione. Riuscirono a malapena ad appoggiare il prezioso contenuto sopra l'altare.
Patrizia strinse nuovamente la mano di Angelo. Afferrarono un lembo del telo e si guardarono negli occhi: con il cuore che andava all'impazzata, lo rimossero delicatamente.
Ciò che i loro occhi videro li lasciò sconcertati.
Patrizia si riprese per prima e con voce sommessa recitò: «*Beati quelli che pur non avendo visto, crederanno*».
Angelo balbettando riuscì soltanto a dire: «*...è proprio Lui!*»
Un mezzo busto, ricavato dalla base, meglio, dalle radici di un tronco in legno di olivo, raffigurante il volto di Cristo, scolpito con una tale maestria che non sembrava eseguito da mano d'uomo.
I lineamenti, gli occhi e i capelli sembravano essere veri, la venatura del legno seguiva le linee del viso e anche il colore stesso del legno cambiava a seconda dei contrasti del volto, del colore dei capelli e della tunica: pareva quasi che il legno si fosse adattato alla figura e non il contrario.
In segno di rispetto e riverenza per quello che avevano davanti ai loro occhi, si inginocchiarono davanti all'altare: «*Sembra*

un'acheropita...» disse Patrizia, in atteggiamento di venerazione.

Angelo la guardò confuso, e lei continuò: «*Acheropita, significa non fatto da mano di uomo. Ricordi la descrizione in latino della fotocopia? "Prenderai quel legno dove le lacrime si sono posate sulle radici, lo lavorerai come te lo dirò e ne uscirà la reliquia più preziosa".*

Angelo si alzò: «*Scusami, ma io lo vorrei toccare!*»

Prima che Patrizia potesse rispondergli, egli aveva già appoggiato una mano sopra, per poi ritrarla immediatamente.

«Cosa succede?»

«È caldo... Sembra che emani calore!»

La cripta non era un posto asciutto e la temperatura della stanza non doveva essere superiore ai quindici gradi.

«Essendo legno ti potrà sembrare caldo, sai, il legno è meno freddo del marmo o della pietra...» cercò di spiegargli Patrizia, che nel frattempo si era alzata.

Allungò una mano e lo toccò anche lei: percepì effettivamente che quel legno emanava un calore proprio.

Guardò Angelo, che aveva le lacrime agli occhi: «*Che ti prende?*»

«Non lo so neppure io...Mi sento confuso da tutta questa vicenda. Ma perché tutto questo è capitato proprio a noi?»

«Così sembrava dovesse essere: era tutto scritto. Noi abbiamo soltanto risposto alla chiamata». rispose Patrizia, anche lei commossa.

Angelo la guardò intensamente e sentì ancora più forte l'odore di nardo e ricordò le parole di Padre Romeo «*E Dio volle che si manifestasse, non a tutto il popolo, ma a testimoni prescelti!*»

Posarono nuovamente le mani sulla scultura e ora la sensazione che provarono fu quella di un calore che si diffuse nei loro corpi, una percezione di pace profonda che li avvolgeva come una calda coperta. Tennero gli occhi chiusi ed era come se si sentissero fluttuare, sollevati dal pavimento della cripta. Si sentirono colmati da una forza mai avuta prima. Continuarono ad accarezzare lievemente quel busto, non volevano staccarsi perché le emozioni che percepivano, non le avevano mai provate prima.
«*Non riesco a spiegare cosa ci sia successo! Ho percepito una presenza che mi ha infuso uno stato di beatitudine sconosciuta!*» bisbigliò Patrizia.
«*Credo che non dimenticherò mai questo momento. Quando sarò in preda allo sconforto, pensando a questo momento, troverò sicuramente pace e speranza!*» fu la risposta di Angelo.
Fissando quel volto, intuirono che era proprio il volto di Gesù, che per secoli molti artisti avevano cercato di riprodurre nei dipinti, nelle sculture, nelle icone e nei crocifissi.
«*Allora si spiega la citazione latina della fotocopia: e prenderai quel legno dove le lacrime si sono posate sulle radici. Il materiale sembra in radica di olivo, l'olivo del Getsemani dove Gesù si era fermato a pregare e piangere.*
Le radici di un olivo di quel famoso orto con frantoio hanno raccolto le lacrime di Cristo prossimo alla crocefissione. Solo questo legno poteva mantenere l'essenza del Figlio di Dio! La reliquia più preziosa! E per quanto triste possa essere stato il momento, tuttavia qui è raffigurato sorridente!»
Lo sfiorarono con devozione profonda, per l'ultima volta.

Posero il busto all'interno del baule con un'ultima carezza. Quindi lo coprirono delicatamente con il panno di lino e richiusero il coperchio, dando un giro alla manopola per assicurarsi che fosse chiuso come lo avevano trovato.
Riposta la cassa all'interno dell'altare, richiusero il coperchio e sistemarono il libro sul leggio, aperto alla pagina del Salmo 26.
«Aspetta!» disse Patrizia, *«fammi dare un'ultima occhiata a questo libro, forse ci sono altri particolari della storia di questa reliquia!»*
Sfogliò delicatamente alcune delle antiche pagine e individuò alcune che non aveva ancora letto. Si sedette sui gradini di marmo dell'altare e Angelo si inginocchiò al suo fianco.
Iniziò a leggere a bassa voce: "*Io Angelo, Soldato al servizio del Nostro Signore, Lo ringrazio della missione a cui mi elesse in questa mia breve vita terrena.*
Il mio compito fu custodire questa pretiosissima reliquia realizzata dalla radice dell'olivo che raccolse le lacrime del Nostro Signore la notte del Getsemani. Jethro, il fratello dell'apostolo Tommaso, vide in sogno un angelo che lo istruì nella realizzazione di questa reliquia».
Patrizia si fermò, alzò lo sguardo*: «Jethro è il fratello gemello dell'apostolo Tommaso. Non si conosceva il suo nome, si sapeva soltanto che era un abile orafo».*
«Tommaso detto Didimo, gemello!» rispose Angelo.
«Sì, Didimo significa gemello. anche se è la traduzione della parola aramaica "Tôma", da cui deriva il nome Tommaso, che ha lo stesso significato».
La bibliotecaria, con il cuore che gli batteva forte per tutte queste nuove scoperte, riprese la lettura: *«...Io modesto et*

umile servitore ebbi la mansione di assicurarle un degno ricovero sicuro da rischi della profanazione. Confido di essere stato degno del compito che mi fu assegnato.
Per breve tempo fui convinto che all'interno del monastero di San Giorgio in Alga in Venezia fosse al sicuro.
L'apparizione della Nostra Signora la santa Vergine alla Graziosa di Conscio, con precise istruzioni mi indicò la nuova dimora per la sancta reliquia.
Portai a termine la mia missione con l'aiuto fraterno del mio sodale Alvise, anche se la mia coscienza sempre si chiese se il mio compito fosse eseguito al meglio. Ripongo in questo libro le mie ultime volunte[21]*. La mia esperanza è che i due jovini apparsi a me in sogno possano un giorno leggere queste humili righe. Se ciò si compirà, troverà pace la mia anima tormentata. Io li benedirò per avermi concesso riposo eterno."*
13 settembre 1487

«*È la stessa data di oggi, solamente con cinquecento anni in più!*» esclamò Angelo. «*Adesso si spiega perché Armando ci ha consentito di entrare proprio questa domenica...*»

Alzarono lo sguardo e tutti e due avevano gli occhi lucidi: Angelo istintivamente abbracciò Patrizia e mormorò: «*Finalmente abbiamo compreso! Eravamo proprio noi, che dovevamo essere qui adesso!*»

---

[21] volunte oltre a volontà è l'espressione "Deus lo volt" che significa "Dio lo vuole" grido di battaglia e motto usato dai Crociati.

Si alzarono ancora tremanti e riposto il libro sul leggio osservarono le due statue ai lati dell'altare: sembrava ora che il volto di quella di destra fosse diverso da come l'avevano visto la prima volta.

«Non ti sembra che ora abbia cambiato espressione questo soldato?» chiese Angelo. *«Sembra più sereno, quasi sorridente!»*

«Ora, lo può essere davvero...», rispose lei, accarezzando lo stivale della statua.

«La nostra missione sarà quella di continuare a mantenere questo segreto?» chiese Angelo.

«Io credo che l'esempio dell'apostolo Tommaso, che credette dopo aver visto e toccato, ci possa essere di aiuto.

Non è un caso, forse, che proprio suo fratello gemello Jethro fosse stato incaricato di scolpire il vero volto di Gesù; tuttavia, io penso che si dovrebbe continuare a custodire il segreto, perché i tempi non sono ancora maturi per questa rivelazione», aggiunse Patrizia.

«Sono d'accordo con te, beati quelli che pur non avendo visto, crederanno», concordò Angelo, e soffiarono insieme per spegnere la fiamma del cero.

Usciti dal locale sotterraneo, restava il problema di rimettere a posto i gradini affinché nessuno potesse accorgersi del passaggio alla cripta.

Notarono che sotto di essi pendeva una corda: era possibile che, tirandola, potessero riportare nella posizione iniziale la porzione di gradini dell'altare.

Angelo provò a tirare con forza, ma dopo il primo tentativo questa si ruppe e gli restò in mano un capo.

«C'era da aspettarselo! Non poteva andare tutto liscio!»

«E adesso, che si fa?» chiese preoccupata Patrizia.
«Ho la soluzione...» sorrise Angelo, estraendo da un taschino il cordino di nylon che Mauro aveva usato per legare Armando e facendolo dondolare davanti a lei.
«Sei proprio un genio! Vado io a legarlo, me ne intendo!»
Non fece tempo a contraddirla che gli aveva sfilato il cordino da una mano e la torcia dall'altra: in meno di un minuto era già uscita con un capo in mano.
«*Vai, tira!*» Afferrata la fune sottile, Angelo tirò e vide i pesanti gradini riposizionarsi nella loro sede originaria.
Il cordino fuoriusciva dalla fessura, Angelo lo ricacciò verso l'interno del foro e poi lo vide sparire. *«Perfetto! Tutto come prima, come se non fosse passato nessuno!»* esclamò soddisfatto.
Entrarono in sacrestia e sentirono il ticchettio del relais all'interno del quadro dell'orologio elettromeccanico, che dava l'impulso al motore della campana per i rintocchi della mezzanotte.
Prima di uscire spensero i neon dell'altare e la luce che Armando aveva lasciato accesa per loro. Chiusero la porta cercando di fare meno rumore possibile, come da indicazioni di Armando e si incamminarono verso la piazza.
A quell'ora non c'era nessuno in giro. Camminavano tenendosi per mano quando Angelo disse: «*Scusa Patrizia, devo fare una cosa che ho in mente da tanto tempo*». Lei si fermò e si sfilò gli occhiali.
Aveva ancora gli occhi lucidi e raggianti. Gli sguardi si incrociarono, le passò una mano fra i capelli e le tolse il mollettone che li raccoglieva, la abbracciò e appoggiò le labbra alle sue.

Si sentì stringere con dolcezza e, stringendola più forte, la baciò finalmente con passione: sentirono ancora il calore della reliquia e un persistente profumo di nardo. Non si spaventarono, anzi si strinsero ancora più forte.
Si staccarono dopo un lungo bacio, aprirono gli occhi e Patrizia lo abbracciò di nuovo: *«Grazie per questa meravigliosa avventura!»*
«Se tu sei d'accordo, la potremmo continuare insieme...»
E si baciarono nuovamente.

22

EPILOGO

Preganziol, Martedì 16 Settembre 1987

Il profumo del caffè lo svegliò puntualmente anche quella mattina.

Tirò fuori le braccia da sotto le coperte e scoprì che Gisy, il gatto, aveva dormito sul letto vicino a lui, cosa che non era mai successa prima.

Era riuscito ad intrufolarsi dentro casa quando Angelo in piena notte era rientrato. Ora stava ai piedi del letto acciambellato, ronfando sonoramente; lo accarezzò e il gattone, stiracchiandosi, gli si avvicinò e cominciò a fare le fusa.

La tapparella si stava alzando e si intravedeva un'altra bella giornata di sole.

Aveva dormito profondamente, perché la notte precedente, dopo tutte le vicissitudini, non aveva chiuso occhio e alzandosi diede uno sguardo alla piazza del suo paese.
In fondo, poco lontano di fronte all'edicola, lo strillone recitava:

"MISTERIOSO RITROVAMENTO
DI UN BIBLIOTECARIO"

Ebbe uno strano presentimento: si vestì in fretta e scese a comprare una copia del quotidiano locale. La curiosità era tale che non tornò subito a casa, ma si sedette su una panchina sotto i portici. Sfogliò in fretta il giornale alla ricerca della pagina riguardante l'articolo del bibliotecario e iniziò a leggere avidamente.

"Misteriosa scoperta del parroco di Preganziol.
È stato ritrovato dal prete del paese, all'interno della chiesetta di villa Ego, in stato confusionale ma in buona salute, il responsabile della Biblioteca comunale di Treviso.
Il bibliotecario M.G. è stato ritrovato da Don GioBatta, che nella mattina di lunedì 14 settembre si recava ad aprire la chiesetta per la messa mattutina a ricordo della Beata Vergine Maria Addolorata, che ogni anno viene celebrata nella piccola cappella, famosa per ospitare un dipinto della Madonna, opera di ottima fattura, dipinta da un pittore anonimo veneziano.
Il parroco ha raccontato che dopo aver aperto i lucchetti dei cancelli e il portone centrale, ha avuto quasi un tracollo nello scorgere un uomo inginocchiato davanti al quadro in uno stato quasi di trance, immobile e in silenzio.

Il parroco, intervistato, ha affermato: "Sembrava una statua. L'ho toccato per sentire se fosse vivo e si è svegliato da quello che sembrava uno stato di estasi, ma non sembrava spaventato. Gli ho chiesto se stesse bene e da quanto tempo fosse lì e come fosse riuscito ad entrare, ma non ho ottenuto risposta. Si è alzato dall'inginocchiatoio, accasciandosi su di una panca, mi ha guardato fisso negli occhi: sembrava fosse sotto l'effetto di qualche sostanza stupefacente. Gli ho chiesto il suo nome, visto che non lo avevo mai visto prima d'ora e non si trattava di un mio parrocchiano. Mi ha risposto biascicando che non lo sapeva e ignorava come fosse giunto in quel posto. L'ho lasciato lì e sono corso in una casa nelle vicinanze per chiedere aiuto. Subito dopo è arrivato il sacrestano e mi ha aiutato a condurre l'uomo fuori dalla chiesetta, perché non si reggeva sulle gambe.
All'arrivo dei carabinieri e di un'ambulanza è stato riconosciuto, grazie ai documenti che portava con sé, ed è stato accompagnato a casa rifiutando le cure mediche.
I carabinieri, inoltre, hanno verificato se il bibliotecario potesse avere una copia delle chiavi per entrare nella chiesetta ma, perquisito, non le hanno trovate. Ispezionando anche il piccolo locale, non hanno rinvenuto nulla di sospetto.
È avvolta nel mistero sia la perdita di memoria del bibliotecario, così come il motivo per cui si trovasse all'interno di quella cappella. Avendo con sé il suo portafogli con i documenti e con il denaro, si esclude il tentativo di rapina."
Sussultò quando qualcuno gli batté sulla spalla e girandosi vide Armando.

Angelo, indicando il giornale con la notizia, gli disse: *«Geniale!»*
Il sacrestano gli fece cenno di non parlare, lo prese sottobraccio e lo condusse verso la sua abitazione.
Percorsero in silenzio quei pochi passi che li portarono alla casa vicino alla chiesa: entrati, Armando chiuse la porta e iniziò a parlare: *«Dobbiamo essere previdenti! Anche i muri hanno le orecchie! È molto meglio che si sappia soltanto quello che scrivono i giornali. Devi sapere che la polvere uscita dai mantici dell'altare, oltre che soporifera, conteneva anche una mistura di sostanze allucinogene, che provocano un'amnesia per alcuni giorni. Poi lentamente i ricordi riaffiorano, ma essendo molto confusi e indistinti si associano a sogni e incubi...»*
«Quindi pensi che non ci disturberà più?» chiese Angelo, seduto su una sedia di fronte al tavolo con il giornale aperto, riprendendo la lettura dell'articolo.
«Stai certo che non disturberà più nessuno, nemmeno la tua amica bibliotecaria!»
«Ne sei così sicuro? Quello è un cretino patentato! Una persona molto cocciuta e tenace, non credo mollerà l'osso!»
«Finisci di leggere l'articolo, va'!» lo incitò sicuro Armando, indicando il trafiletto successivo.

«I carabinieri però, accompagnandolo a casa, hanno fatto una scoperta interessante: nella sua abitazione sono stati rinvenuti tele, quadri e oggetti di culto trafugati da qualche chiesa. La refurtiva è stata sequestrata per essere sottoposta alle dovute verifiche da parte del comando dei carabinieri per la tutela del patrimonio culturale.

Se quelle opere risulteranno trafugate o acquistate da qualche ricettatore, M.G. dovrà rispondere del reato di furto di beni culturali, per il quale è prevista la reclusione dai due ai sei anni e il pagamento di una multa.

«Hai capito?» chiese Armando per poi spiegargli: *«L'ho portato nella chiesetta, poi sono andato a casa sua a fare la consegna della refurtiva e infine un ultimo giro per restituirgli le chiavi di casa che "gentilmente" mi aveva prestato!»* concluse Armando ammiccando e versando il caffè in due tazzine in ceramica rossa.

«E i quadri dove li hai trovati?» chiese Angelo, leggendo distrattamente l'ultimo trafiletto dell'articolo.
«Dove li hai visti anche tu!» Si sentì rispondere.
«Porca miseria! Sono quelli della biblioteca del seminario?»
Dal sorriso di Armando, capì che erano proprio quelli.
«Sei fenomenale! Le hai pensate proprio tutte! Magari riuscirai a riportare il quadro della Maddalena nella "tua chiesa"! Ma come sei riuscito a prelevarli da lì, senza farti beccare?»
«Beh!» rispose con una certa soddisfazione, *«con la scusa di controllare la refurtiva di un precedente furto fatto alla chiesa di Sambughè, mi sono fatto aprire il magazzino della biblioteca del Seminario e da lì c'è un passaggio per il corridoio al piano superiore. Avevo una cassa con il doppio fondo e ho messo le tele nella parte nascosta e i due candelabri trafugati sopra. Quando sono uscito nessuno ha avuto il minimo sospetto! Ma temo che non avrò mai la*

fortuna di rivedere quel quadro al suo posto!» ammise sconsolato dopo l'ultimo sorso di caffè.

«Adesso posso farti una domanda? Se vuoi puoi fare a meno di rispondermi, non me la prendo. Hai sempre agito da solo?» chiese Angelo.

«È dal 1491 che i discendenti della famiglia di Alvise Parisio si tramandano, di generazione in generazione, il compito di vigilare sulla reliquia più importante dell'umanità. Discendiamo da soldati Giovanniti. Alcuni dei nostri furono dogi veneziani, patrizi aristocratici o semplici sacrestani, ma tutti con lo stesso compito».

«E nessuno ha mai scoperto nulla?» chiese incredulo Angelo.

«Certamente. Nel 1624 un prete, dopo aver scoperto il segreto e volendolo divulgare, fu accusato di eresia. E poi ci sarebbero altri fatti che non posso raccontarti, perché portiamo il segreto con un giuramento a vita, che anche voi fra poco dovrete prestare».

«Ma se nessuno la può vedere, perché a me e Patrizia avete permesso addirittura di toccarla?» chiese Angelo con maggiore insistenza.

«Perché voi eravate una sorta di "prescelti"! Angelo, il cavaliere, aveva avuto un sogno premonitore in cui incontrava due ragazzi che lo seguivano e gli chiedevano di vedere la reliquia, e ne scrisse la data su di un foglio, 13 settembre 1987. Avrete sicuramente letto nel libro posto sopra l'altare i dettagli riguardanti il sogno e la data che era riportata: 13 settembre 1487, cinquecento anni prima!

Era un segno che aspettavamo da anni, e quando la settimana scorsa hai iniziato a chiedere notizie riguardo chiese e monasteri, e di come sei rimasto colpito dalla storia del

diario, abbiamo capito che eri proprio tu uno dei prescelti ed eravamo certi che, dopo aver visto e toccato la reliquia, tu e Patrizia, la ragazza incredibilmente somigliante al dipinto, avreste poi tenuto comunque il segreto per tutta la vita!»
Angelo replicò *«Sì! Lo abbiamo letto...ma perché proprio io e Patrizia?»*
Armando alzò le spalle con l'espressione di chi non conosce la risposta.
«Non avevamo nessun punto di riferimento per capire chi potesse essere, ma ho capito che potevi essere tu quando hai cominciato a pormi le prime domande dal Cencio; in seguito, dopo la tua richiesta di entrare in chiesa, che ho avuto la conferma che eravate proprio voi i "prescelti" e che la profezia del cavaliere si stava avverando. L'incidente del bibliotecario...quello non era previsto! La situazione stava per sfuggirci di mano!»
Terminò il caffè ormai freddo, ringraziò ancora Armando e stava per uscire, quando il sacrestano lo fermò: *«Aspetta, devo darti una cosa che ti appartiene, anzi, vi appartiene!»* Andò in salotto e mise una mano dietro la credenza di legno massiccio. Estrasse una busta di cartone di grosse dimensioni: *«Tieni, questo lo dovete conservare voi!»*
Quando glielo porse, Angelo vide che un lato era aperto e intravide la tela della Maddalena.
«Ma veramente sei sicuro che possiamo tenerla? Non so se sarò in grado di custodirla...» disse confuso.
«Ascolta!» replicò Armando, *«Sono anni, anzi secoli che nessuno la vede, e potrebbe essere il ritratto perfetto di Patrizia. Chi meglio di voi può conservarla con cura e*

ammirarla? Vai tranquillo. Il cavaliere giovannita Angelo ora finalmente riposa in pace!»
Angelo sorrise, prese la busta di cartone e uscì di fretta. Doveva fare subito una telefonata, Patrizia non ci avrebbe mai creduto... Si tastò le tasche in cerca di qualche moneta, ma trovò soltanto il pacchetto di sigarette e solo in quel momento si rese conto che erano due giorni che non fumava più.

NOTE DELL'AUTORE

Nella sacrestia della chiesa arcipretale di Preganziol, c'è un quadro che racconta i cenni storici del paese: datato agli inizi del Novecento, verso la fine c'è un trafiletto che riporta esattamente: "*Le pale e pitture sono tutte di buoni autori dell'Accademia Veneta, e i due quadri sopra le sacrestie, cioè il transito di S. Maria Maddalena e il fratricidio di Caino, si dice siano della scuola di Palma il Giovane.*"

Il quadro di Caino e Abele è ancora presente sopra un'entrata laterale della chiesa, mentre quello della Maddalena non c'è più, ma la sua storia merita di essere raccontata:

Il 12 luglio 1961 un aereo della Nato partito da Aviano sganciò per un errore tecnico, due serbatoi di kerosene, uno dei due finì sfondando il tetto, proprio all'interno della chiesa parrocchiale. Miracolosamente, l'incidente non provocò nessun ferito, ma rovinò parte degli arredi sacri, l'organo e alcuni quadri, tra cui anche quello della Maddalena.

Il quadro fu restaurato e si scoprì che in tempi ignoti era stato modificato allungando i capelli della santa per nascondere il seno nudo.

Riportato al suo stato di nudità d'origine e pronto per essere ricollocato in chiesa, il parroco trovò però sconveniente esporre la Maddalena nella "nuova veste", seppur originale.

A risolvere la questione fu Monsignor Pietro Solivo, allora docente d'arte al Collegio Pio X di Treviso, il quale riuscì facilmente a convincere don Domenico Biondo a scambiare il quadro della Maddalena con quello tuttora esposto in chiesa, che ritrae una Madonna con Bambino.

Il quadro della Maddalena fortunatamente è stato donato dal Solivo al museo di Arte Sacra di Treviso ed è tuttora esposto e visibile.

Da qui è nata una delle storie che si intrecciano nel romanzo. L'altra prende spunto dalla pala dell'altare maggiore della medesima chiesa, dove sono presenti: al centro la Madonna con il Bambin Gesù, prima patrona della chiesa parrocchiale fondata intorno all'anno 1140; a destra il papa Urbano, tuttora patrono della parrocchia, e a sinistra i due personaggi che mi hanno sempre incuriosito: uno di questi indossa un mantello rosso e appoggia le mani su quello che sembra un altare, quasi in senso di protezione.
Da lì è nata la storia di Angelo e Alvise e il segreto che dovevano custodire.
La storia dei dipinti modificati è una storia vera che Alessandro Vecchiato, sacrestano della nostra chiesa dagli anni 50 fino al 2000, mi raccontava durante i miei lavoretti elettrici ed elettronici fatti in chiesa.
Per ambientare la storia ho scelto il periodo del miracolo di Conscio, che è testimoniato da una lapide all'interno della chiesa romanica di quel paese, frazione di Casale sul Sile. Inoltre, a quel medesimo periodo storico, risalgono il chiostro dell'abbazia di Mogliano e il tempio di Ormelle.

La casa di Alvise sarebbe, invece, ubicata nella zona di Via Schiavonia Nuova, dove si trova la casa di Baesso, tuttora esistente, che risulta risalire proprio all'epoca medievale.
Un altro particolare mi ha suggerito l'idea di porre la cripta del racconto, che ho immaginato collocata sotto l'attuale chiesa di Preganziol: si tratta della fessura dei gradini dell'altare di Sant'Urbano. Quella fessura esiste veramente e quel bambino del racconto altri non è che mio figlio, il quale, durante una messa ha inserito la moneta dell'offerta nella fessura presente tra due gradini.
Dell'ex convento, poi trasformato in casa colonica, me ne ha parlato più volte mio suocero: i suoi fratelli maggiori erano nati proprio lì, in quella casa chiamata "La Scabora", da cui deriva il soprannome "Scaboro", che ancora identifica quel ramo della famiglia Cestaro di Preganziol.
Durante i lavori di aratura dei campi, in corrispondenza della parte abbattuta del convento, sotto circa quaranta centimetri di terra, si raccontava che fossero ancora visibili i resti dei mattoni che costituivano la pavimentazione del chiostro, o forse del convento stesso, mattoni provenienti dalla vicina e antica fornace, ubicata a Dosson.
Questi sono solo alcuni cenni di storia locale.
Io mi fermo qui, lasciando volutamente il riscontro storico in sospeso.
Perché un romanzo ha sempre una fine; la storia, diversamente, è una ricerca che non ha limite per chi ha voglia di saperne di più.
Buona lettura.

INFORMAZIONI SULL'AUTORE

Sono Daniele Basso, nato a Preganziol, un paese situato a metà strada fra Treviso e Venezia, il 5 maggio nel 1966.
Sono un tecnico riparatore di macchine per ufficio da 36 anni, appassionato di storia locale, che mi ha portato a scrivere il mio primo romanzo.
Il libro è un'opera di fantasia, anche se riporto alcuni fatti realmente accaduti, quasi tutti legati alla storia del mio paese e della chiesa parrocchiale.
Ho iniziato a scrivere quindici anni fa, e per varie vicende ho dovuto interrompere e riprendere la stesura più volte.
Sono appassionato di elettronica, di musica, suono la chitarra e riparo e restauro vecchi orologi.
Quest'ultimo hobby mi ha impegnato in ricerche approfondite che mi hanno fornito la competenza per pubblicare articoli su riviste di orologeria italiana quali la Voce di Hora e inglese come Horological Journal.

Made in the USA
Las Vegas, NV
30 June 2025

24194152R00121